文治
© wénzhì books

风把故乡吹远

刘亮程 著

中国友谊出版公司

辑三　　人的名字是一块生铁

附录

风从不同方向来，
人和草木，
往哪边斜不由自主。
能做到的只是在每一场风后，
把自己扶直。

辑一

我孤单一人站在童年

我居住的村庄

我居住的村庄，一片土梁上零乱的房屋，所有门窗向南，烟囱口朝天。麦子熟了头向西，葵花老了头朝东，人死了埋在南梁，脚朝北，远远伸向自家的房门，伸到烧热的土炕上，伸进家人焐暖的被窝。

一场一场的风在梁上停住。所有雨水绕开村子，避开房顶和路。雨只下在四周的戈壁，下在抽穗的苞谷田。

白天每个孩子头顶有一朵云，夜晚有一颗星星。每颗星星引领一个人，它们在天上分配完我们。谁都没有剩下。至少有七八颗星照在一户人家的房顶。被一颗星孤照的是韩三家的房顶。有时我们家房顶草垛上也孤悬着一颗星星，那样的夜晚，母亲一个人在屋里，父亲在远处穿过一座又一座别人的村庄，他的儿女在各自的黑暗中，悄无声息，做着别人不知道的梦。

我不长大行吗

他们说我早长大走了，我不知道。我一个人在村里游逛，我的影子短短的，脚印像树叶一片片落在身后。我在童年待的时间仿佛比一生还久。村子里只有我一个五岁的孩子，不知道其他孩子去哪儿了，也许早长大走了。他们走的时候，也没喊我一声。也许喊了我没听见。一个早晨我醒来，村子里剩下我一个孩子。我和狗玩，跟猫和鸡玩，追逐飘飞的树叶玩。

大人们扛锨回来或提镰刀出去，永远有忙不完的事。我遇见的都是大人。我小的时候，人们全长大走了，车被他们赶走了，立在墙根的铁锨被他们扛走，牛被他们牵走，院门锁上钥匙被他们带走。他们走远的早晨，村子里只剩下风，我被风吹着在路上走。他们回来的傍晚风停了，一些树叶飘进院子，一些村东边的土落在村西，没有人注意这些，他们只知道自己一天干了些什么，加了几条埂子，翻了几亩地，从不清楚穿过村庄的风干了些什么，照在房顶和路上的阳光干了些什么。

还有我，一个五岁的孩子干了什么。

有时他们大中午回来，汗流浃背。早晨拖出去的长长影子不见了，仿佛回来的是另一些人。我觉得我是靠地上的影子认识他们的，我从没看清他们的脸，我记住的是他们走路的架势、后脑勺的头发和手中的农具，他们的脸太高，像风中的树梢，我的眼睛够不到那里。我从肩上的铁锨认出扛锨的人。听到一辆马车过来，就知道谁走来了。我认得马腿和蹄印，还有人的脚印。往往是他们走远了，我才知道走掉的人是谁。我没有长大到他们用旧一把铁锨，驶坏一辆车。我的生命在五岁时停住了。我看见他们一岁一岁地往前走，越走越远。他们从我身边离开的时候，连一只布鞋都没有穿破。

我以为生活会这样不变地过下去，他们下地干活儿，我在村子里游逛。长大是别人的事，跟我没关系。那么多人长大了，又不缺少大人，为啥让所有人都长大，去干活儿。留一个没长大的人，不行吗？村里有好多小孩干的活儿，钻鸡窝收鸡蛋，爬窗洞取钥匙。就像王五爷说的，长到狗那么大，就钻不进兔子的洞穴了。村子的一部分，是按孩子的尺寸安排的。孩子知道好多门洞，小小的，遍布村子的角角落落。孩子从那些小门洞走到村子深处，走到大人从来没去过的地方。后来，所有人长大了，那些只有孩子能进去的门洞，和门洞里的世界，便被遗忘。

大人们回来吃午饭，只回来了一半人，另一半人留在地里，天黑才回来。天黑也不一定全回来，留几个人在地里过夜。每天都有活儿干完回不来的人，他把劲用光了，身子一歪睡着在地里，就算留下来看庄稼了。其实庄稼不需要看守，夜晚有守夜人呢。但这个人的瞌睡需要庄稼地，他的头需要一截田埂做枕头，身体下需要一片虚土或草叶当褥子。就由着他吧。第二天一早其他人下地时，他可以扛着锨回家。夜晚睡在地里的人，第二天可以不干活儿。这是谁定的规矩我不清楚。好像有道理，因为这个人昨天把劲用完了，又没回家吃饭。他没有劲了。不管活儿多忙，哪怕麦子焦黄在地里，渠穿帮跑水，一个人只要干到把劲用完，再要紧的事也都跟他没关系，他没劲了。

我低着头看他们的鞋、裤腿。天太热了，连影子都躲在脚底下，不露头。我觉得光看影子不能认出他们，就抬头看裤腿、腰。系一条四指宽牛皮腰带的是冯七，一般人的腰带三指宽。马肚带才四指宽。有人说冯七长着一副马肚子，我看不怎么像，马肚子下面吊一截子黑锤子，冯七却没有。

两腿间能钻过一只狗的是韩三，他的腿后来被车轧断，没断的时候，一条离另一条就隔得远，好像互不相干，各走各的。后来一条断了，才拖拉着靠近另一条，看出相互的关系了。我好像一直没认清楚他们腰上面那一截子。我的头没长过他们的腰。我做梦梦见的也都是半截子的人，腰以上是空的。天空低低压下来，他们的头和上身埋在黑云中，阳光贴着地照，像草一样从地上长出来。

"呔，你还没玩够。你想玩到啥时候。"

我以为是父亲，声音从高处灌下来。却不是。

这个人丢下一句话不见了，我看看脚印，朝北边去了，越走越小，肩上的铁锨也一点点变小，小到没办法挖地，只能当玩具。最后他钻进一个小门洞，不见了。他是冯三，我认识他的脚印，右脚尖朝外撇，让人觉得，右边有一条岔路，一只脚要走上去，一只不让。冯三总是从北边回来，他家在路右边，离开路时，总是右脚往外撇，左脚跟上，才能拐到家。这样就走成了习惯，往哪儿走都右脚外撇。要是冯三从南边回来几次，也许能把这个毛病改了。可是他在南边没一件事情，他的地在北边，放羊的草场在北边，连几家亲戚都住在北边。那时我想给他在南边找一件事，偷偷把他的一只羊赶到村南的麦地，或者给他传一句话，说王五爷叫他过去一趟。然后看他从南边回来时，脚怎样朝左拐。也许他回来时不认识家了，他从来没从那个方向回来过，没从南边看见过家的样子。

这个想法我长大后去做了没有，我记不清楚。

天色刚到中午，我要玩到傍晚，我们家的烟囱冒烟了再回去，玩到母亲做好饭，站在门口喊我了再回去。玩到天黑，黄昏星挂到我们家草垛顶上再回去。

大人们谈牲口和女人，买卖和收成。他们坐在榆树下聊天时，我和他们一样高。我站在不远的下风处，他们的话一阵阵灌进耳朵，他们吐出的烟和放的屁也灌进我的嘴和鼻子。他们坐下来时说一种话，站起来又说另一种话。一站起来就说些实实在在的话，比如，我去放牛了；你把车赶到南梁，拉一车石头来。我喜欢他们坐下时说的话，那些话朝天上飘，全是虚的，他们说话时我能看见那些说出的事情悬在半空，多少年都不会落下来。

我听人们说着长大以后的事。几乎每个见到的人都问我："你长大了去干什么？"问得那么认真，又好像很随便，像问你下午去干什么，吃过饭到哪儿去一样。

一个早晨我突然长大，扛一把铁锨走出村子，我的影子长长的，躺在空旷田野上，它好像早就长大躺在那里，等着我来认出它。没有一个人，路上的脚印，全后跟朝向远处，脚尖对着村子，劳动的人都回去了，田野上的活儿早结束了，在昨天黄昏就结束了，在前天早晨就结束了。他们把活儿干完的时候，我刚长大成人。粮食收光了，草割光了，连背一捆枯柴回来的小事，都没我的份。

我母亲的想法是对的，我就不该出生。出生了也不该长大。

我想着我长大了去干什么，我好像对长大有天生的恐惧。我为啥非要长大。我不长大不行吗。我就不长大，看他们有啥办法。我每顿吃半碗饭，每次吸半口气，故意不让自己长。我在头上顶一块土块，压住自己。我有什么好玩的都往头上放。

我从大人的说话中，隐约听见他们让我长大了去放羊，扛铁锨种地，跑买卖，去野地背柴。他们老是忙不过来，总觉得缺人手，去翻地了，草没人锄，出去跑买卖吧，老婆孩子身边又少个大人。反正，干这件事，那件事就没人干。猪还没喂饱，羊又开始叫了。尤其春播秋收，忙得腾不开手时，总觉得有人没来。其实人全在地里了，连没长大的孩子也在地里了。可是他们还是觉得少个人。每个人都觉得身边少个人。

"要是多一个人手，就好了。"

父亲说话时眼睛盯着我。我知道他的意思，嫌我长得慢了，应该一出生就是一个壮劳力。

我觉得对不住父亲。我没帮上他的忙。

我小时候，他常常远出。我没看见他小时候的样子。也许没有小时候。我不敢保证每个人都有小时候。我一出生父亲就是一个大人。等我长大——我真的长大过吗？——他依旧没有长老，我在那些老人堆里没找到他。

在这个村庄，年轻人在路上奔走，中年人在一块地里劳作，老年人在墙根晒太阳或乘凉。只有孩子不知道在哪儿。哪儿都是孩子，白天黑夜，到处有孩子的叫喊声，他们奔跑、玩耍，远远地听到声音。找他们的时候，哪儿都没有了。嗓子喊哑也没一个孩子答应。不知道那些孩子去哪儿了。或许都没出生。只是一些叫喊声来到世上。

我还不会说话时，就听大人说我长大以后的事。

"这孩子骨头细细的，将来可能干不了力气活儿。"

"我看是块跑买卖的料。"

"说不定以后能干成大事呢，你看这孩子头长得，前奔楼，后瓦勺，想的事比做的多。"

我母亲在我身边放几样东西：铁锨、铅笔、头绳、铃铛和羊鞭，我记不清我抓了什么。我刚会说话，就听母亲问我：哒，你长大了去干什么？我歪着头想半天，说，去跑买卖。

他们经常问我长大了去干什么，我记得我早说过了。他们为啥还问。可能长大了光干一件事不行，他们要让我干好多事，把长大后的事全说出来。

一次我说，我长大去放羊。话刚出口，看见一个人赶羊出村，他的背有点驼，翻穿着毛皮袄，从背后看像一只站着走路的羊，一会儿就消失在羊踩起的尘土里。又过了一阵，传来一声吆喝，远远的。那一刻，我看见当了放羊人的我就这样走远了。

多少年后，他吆半群羊回来，我已经不认识他。他也不认识我。

这个放一群羊长老的我，腰背佝偻，走一步咳嗽两声。他在羊群后面吸了太多尘土，他想把它咳出来。

每当我说出一个我要干的事时，就会有一个我从身边走了。他真的按我说的去跑买卖了，开始我还能想清楚他去了哪里，都干了些什么。后来就糊涂了，再想不下去，我把他丢在路上，回来想另外一件事。那个跑买卖的我自己走远了。

有一年他贩一车皮子回到虚土庄，他有了自己的名字，我认不出他。他挣了钱也不给我。

我从他们的话语中知道，有好多个我已经在远处。我正像一朵蒲公英慢慢散开。我害怕地抱紧自己。我被"你长大了去干什么"这句话吓住了，以后再没有长大。长大的只是那些大人。

捉迷藏

　　我从什么时候离开了他们——那群比我大好几岁的孩子，开始一个人玩。好像有一只手把我从他们中间强拉了出来，从此再没有回去。

　　夜里我躺在草垛上，听他们远远近近的喊叫。我能听出那是谁的声音。他们一会儿安静，一会儿一阵吵闹，惹得村里的狗和驴也鸣叫起来。村子四周是黑寂寂的荒野和沙漠。他们无忌的喊叫使黑暗中走向村子的一些东西远远停住。我不知道那是些什么东西，是一匹狼、一群乘夜迁徙的野驴、一窝老鼠。或许都不是。但它们停住了。另一些东西闻声潜入村子，悄无声息地融进墙影尘土里，成为村子的一部分。

　　那时大人们已经睡着。睡不着的也静静躺着。大人们很少在夜里胡喊乱叫，天一黑就叫孩子回来睡觉。"把驴都吵醒了。驴睡不好觉，明天咋拉车干活儿。"他们不知道孩子们在黑夜中的吵闹对这个村子有啥用处。

我那时也不知道。

许多年后的一个长夜，我躺在黑暗中，四周没有狗叫驴鸣，没一丝人声，无边的黑暗压着我一个人，我不敢出声。呼吸也变成黑暗的，仿佛天再不会亮。我睁大眼睛，无望地看着自己将被窒息。这时候，一群孩子的喊叫声远远响起，越来越近、越来越近。

他们在玩捉迷藏游戏。还是那一群孩子。有时从那堆玩泥巴的尕小子中加进来几个，试玩两次，不行，原回去玩你的尿泥。捉迷藏可不是谁都能玩的。得机灵。"藏好了吗？""藏好了。"喊一声就能诈出几个傻小子。天黑透了还要能自己摸回家去。有时也会离开几个，走进大人堆里再不回来。

夜夜都有孩子玩，夜夜玩到很晚。有的玩着玩着一歪身睡着，没人叫便在星光月影里躺一夜。有时会被夜里找食吃的猪拱醒，迷迷糊糊起来，一头撞进别人家房子。贼在后半夜才敢进村偷东西。野兔在天亮前那一阵子才小心翼翼钻进庄稼地，咬几片青菜叶，留一堆粪蛋子。也有孩子玩累了不想回家，随便钻进草垛柴堆里睡着。有人半夜出来解手，一蹲身，看见墙根阴影里躺着做梦的人，满嘴胡话。夜再深，狗都会出来迎候撒尿的主人，狗见主人尿，也一撒腿，撒一股子。至少有两个大人睡在外面。一个看麦场的李老二，一个河湾里看瓜的韩老大。孩子们的吵闹停息后两个大人就会醒来。一个坐在瓜棚，一个躺在粮堆上。都带着狗。听见动静人大喝一声，狗狂叫两声。都不去追。他们的任务只是看住东西。整个村子就这两样东西由人看着。孩子们一散，许多东西扔在夜里。土墙一夜一夜立在阴影里，风飕飕地从它身上刮走一粒一粒土。草垛在棚顶上暗暗地下折了一截子。躺在地上的一根木头，一面黑一面白，像被月光剖开，安排了一次生和死的见面。立在墙边的一把锨，搭在树上的一根绳子，穿过村子黑黑地走掉的那条路。过去许多年后，我会知道这个村子丢失了什么。那些永远吵闹的夜晚。有一个夜晚，他们再找不见我了。

"粪堆后面找了吗。看看马槽下面。"

"快出来吧。我已经看到了，再不出来扔土块了。"

谁都藏不了多久。我们知道每一处藏人的地方。知道哪些人爱往哪几个地方藏。玩了好多年，玩过好几茬人，那些藏法和藏人的地方都已不是秘密。

早先孩子们爱往树上藏，一棵一棵的大榆树蹲在村里村外，枝叶稠密。一棵大树上能藏住几十个孩子，树窟里也能藏人。树上是鸟的家，人一上去鸟便"叽叽喳喳"叫，很快就暴露了。草丛也藏不住人，一蹲进去虫便不叫了。夜晚的田野虫声连片，各种各样的虫鸣交织在一起。"有一丈厚的虫声。"虫子多的年成父亲说这句话。"虫声薄得像一张纸。"虫子少的时候父亲又这样说。

父亲能从连片的虫声中听出田野上有多少种虫子，哪种虫多了哪种少了。哪种虫一只不留地离开这片土地远远走了，再不回来。

我从没请教过父亲是咋听出来的。我跟着他在夜晚的田野上走了许多次后，我就自己知道了。

最简单的是在草丛里找人。静静蹲在地边上，听哪片地里虫声哑了，里面肯定藏着人。

往下蹲时要闭住气，不能带起风，让空气都觉察不出你在往下蹲。你听的时候其他东西也在倾听。这片田野上有无数双耳朵在倾听。一个突然的大声响会牵动所有的耳朵。一种东西悄然间声息全无也会引来众多的惊恐和关注。当一种东西悄无声息时，它不是死了便是进入了倾听。它想听见什么。它的目标是谁。那时所有的倾听者会更加小心寂静，不传出一点声息。

听的时候耳朵和身体要尽量靠近地，但不能贴在地上。一样要闭住气。一出气别的东西就能感觉到你。吸气声又会影响自己。只有静得让其他东西听不到你的一丝声息，你才能清晰地听到他们。

我不知道父亲是不是用这种方式倾听，他很少教给我绝活。也许在他看来那两下子根本不叫本事，看一眼谁都会了。

那天黄昏我们家少了一只羊，我和父亲去河湾里找。天还有点亮，空气中满是尘烟霞气，又黄又红，吸进去感觉稠稠的，能把人喝饱似的。

河湾里草长得比我高。父亲只露出一个头顶。我跳个蹦子才能探出草丛。

爬到树上看看去。父亲说。我们走了十几分钟，来到那棵大榆树下面。

看看哪一片草动。父亲在树下喊。

一河湾草都在动。我说。

那就下来吧。

父亲坐在树下抽起了烟，我站在他旁边。

没一丝风草咋好像都在动。我说。

草让人和牲口打搅了一天，还没有消停下来。父亲说。

我知道父亲要等天黑，等晚归的人和牲口回到家，等田野消停下来。那时，细细密密的虫声就会像水一样从地里渗出来，越漫越厚、越漫越深。

韩老二一回来，地里就没人了。他总是最后收工。今天他还背了捆柴火，也许是一捆青草。背在右肩膀上。你听他走路右脚重左脚轻。

父亲没有开口，我听见他心里说这些话。

那时候我只感觉到大地上声音很乱、很慌忙，也很疲惫。最后一缕夕阳从地面抽走的声音，像一根落地的绳子，软弱无力。不像大清早，不论鸡叫驴鸣、人畜走动、苍蝇拍翅、蚂蚱蹬腿，都显得非常有劲。我那时已能听见地上天空的许多声音，只是不能仔细分辨它们。

天已经全黑了。天边远远地扔着几颗星星，像一些碎银子。我们离开那棵榆树走了十几分钟。每一脚都踩灭半分地的虫声。我回过头，看见那棵大榆树黑黑地站在夜幕里，那根横杈像一只手臂端指着村子。它的每片叶子都在听，每个根条都在听。它全听见了，全知道了。看，就是那户人家。它指给谁看。我突然害怕起来。紧走了几步。

这个横杈一直指着我们家房子。刚才在树上时，我险些告诉了父亲。话都想出来了，不知为什么，竟没发出声。

父亲在前面停下来，然后慢慢往下蹲。我离他两三米处，停住脚，也慢慢蹲下去。很快，踩灭的虫声在我们身边响起来，水一样淹没到头顶。约摸过了五分钟，父亲站起来，我跟着站起来。

在那边，西北角上。父亲抬手指了一下。

我突然想起那棵大榆树，又回头望了一眼。

东边草滩上也有个东西在动。我说。

那是一头牛。你没听见出气声又粗又重。父亲瞪了我一眼。

我想让他们听见我的声音。我渴望他们发现我。一开始我藏得非常静，听见他们四处跑动。

"方头，出来，看见你了。"

"韩四娃也找见了，我看见冯宝子朝那边跑了，肯定藏在马号里。就剩下刘二了。"

他们说话走动的声音渐渐远去，偏移向村东头。我故意弄出些响声，还钻出来跳了几个蹦子，想引他们过来。可是没用，他们离得太远了。

"柴垛后面找。"

"房顶上。"

"菜窖里看一下。"

他们的叫喊声隐隐约约，我原藏进那丛干草中，掩好自己，心想他们在村东边找不到就会跑回来找。

我很少被他们轻易找到过，我会藏得不出声息。我会把心跳声用手捂住。我能将偶不小心弄出的一点响声捉回来，捏死在手心。

七八个，找另外的七八个。最多的时候有二三十个孩子，黑压压一群。我能辨出他们每个人的身影，当月亮在头顶时他们站在自己的阴影里，额头鼻尖上的月光偶尔一晃。我能听出每个人的脚步声，有多少双脚就有多少种不同的落地声。我能听见他们黑暗中回头时脖颈转动的声音。当月亮东斜，他们每个人的影子都有几百米长，那时我站得远远的，看看地上的影子就能认出这是谁的头那是谁的身子。他们迎着月光走动时影子仰面朝天躺在地上，鼻子嘴朝上，蹲下身去会看见影子的头部有一些湿气般的东西轻轻飘浮，模模糊糊的，那是说话的影子，人说出的话也有影子，稍安静些我就能辨出那些话影的内容。

我弓着腰跟在他们后面。有时我不出声地混在他们中间，看他们四处找我。

"就差刘二一个没找见。看看后面。往草上踏。"

一次我就躺在路上的车辙里，身上扔了一把草，他们来来回回几次都没看到。

"谁把草掉在路上了。"一个过来踢了一脚。

"走吧，到牛圈里找去。"另一个喊。

一只脚贴着我的耳朵边踩过去。是张四的脚，他走路时总是脚后跟先落地。

"刚才我就觉得奇怪，白天没人拉草，路上怎么会掉下草。"

"悄悄别吭声，过去直接往草上踏。踏死鬼刘二。"

他们返回来时我已经跟在后面。我走路不出一点声，感觉心里有一双翅膀无声地扇动，脚踩下时，心在往上飞升，远远地离开地。我藏在他们找过的地方。藏在他们的背影里。一回头，我就消失。我知道人的左眼和右眼中间有一个盲区，刚好藏住一个孩子的侧影，尤其夜里它能藏住更多东西。

有一次，我双腿钩住一根晾衣绳倒挂在半空里。绳上原来搭着一条大人裤子。

“藏好了没有。开始找了。”

他们叫喊着走出院子。我从另一个豁口进来，扯下绳上的裤子，把自己搭上去。

过了好一阵他们回来了，先是说话声，接着一群倒竖着的人影晃进院子。夜色灰蒙蒙的，像起了雾。有个人举手抓住绳子坠了几下，我在上面摆动起来，黑黑地，一下一下，眼看碰上一个人的后背，又荡回来。

夜又黑了一些，他们站在院子里，好一阵一句话不说，像瞌睡了，都在打盹。又过了一阵有人开始往外走，其他人跟着往外走，院子里变空了，听见他们的脚步声在马路上散开，渐渐走远，像一朵花开败在夜里。这时下起了雨，雨点小小的。有一两滴落进鼻孔，直直滴到嗓子里。我还在不停地晃动，雨点细细地打在身上，像一群轻手轻脚的小蚊虫。我像一条忘记收回去的裤子，就是这样在黑夜里被雨慢慢淋湿。我觉得快要睡过去，一伸腿，从绳子上掉下来，爬起来打了把土，没意思地回家去了。

这次也一样没意思，我一直藏到后半夜，知道再没有人来找我，整个村子都没声音了。听到整个村子没声音时，我突然屏住气，觉得村子一下变成一个东西。它猛地停住，慢慢蹲下身去，耳朵贴近地面。它开始倾听，它听见了什么。什么东西在朝村子一点一点地移动，声音很小、很远，它移到村子跟前还要好多年，所以村子一点不惊。它只是倾听。也从不把它听见的告诉村里的人和牲畜，它知道自己什么时候起身离开。或许等那个声音到达时，我、我们，还有这个村子，早已经远远离开这地方，走得谁都找不见。不知村子是否真听到了这些。不管它在听什么我都不想让它听见我。它不吭声。我也不出声。村子静得好像不存在。我也不存在。只剩下大片荒野，它也没有声音。

不知这样相持了多久，村子憋不住了。一头驴叫起来，接着另一头驴、另外好几头驴叫起来，听上去村子就像张着好几只嘴大叫的驴。

我松了口气，心想再相持一会儿，先暴露的肯定是我。因为天快要亮了，我已经听见阳光唰唰地穿过遥远大地的树叶和尘土，直端端奔向这个村子。曙光一现，谁都会藏不住的。而最先藏不住的是我。我蹲在村东大渠边的一片枯草里，阳光肯定先照到我。

从那片藏身的枯草中站起的一瞬我觉得我已经长大，像个我叫不上名字的动物在一丛干草中寂寞地长大了，再没地方能藏住我。

我翻过渠沿，绕过王占家的房子，像个大人似的迈着重重的步子，踏上村中间那条马路。村子不会听见我，它让自己的驴叫声吵蒙了。只有我知道我在往家走，而且，再不会回到那群捉迷藏的孩子中了。

哭闹。把全家人叫醒。有什么用呢，下一个晚上我睡着时还会被抱走。那我一声不吭，假装睡着，然后我认下回来的路，自己跑回来。

被抱起来的是弟弟，他们给他换了新衣裳，换上新鞋。

我不知道为什么假装睡着。如果我爬起来，抱住弟弟不放，哭着大喊，喊醒母亲和大哥，喊醒全村人，他们也许抱不走他。也许守夜人会拦住。但我没爬起来，也没听到母亲的声音，也许她和我一样，头蒙在被子里，假装睡着。

过了一会儿，我听见母亲低低的哭泣，听见马车驶出院门，从西边荒野上走了。我记住这个方向，等我长大，一定去把弟弟找回来。我会找遍西边所有的村子，敲遍每户人家的门。

我一直没有长大。

以后我去过那么多村庄，在这片荒野中来回地游走，都没想到去找被抱走的弟弟。长大走掉的是别人，他们没为我去做这件事情。

那个早晨，我弟弟走进一场不认识的梦中。他梦见自己醒来，看见五个姐姐围在身边，一个比一个高半头，一个比一个好看。他不好意思地笑了笑，又闭着眼睛。她们叫他另外一个名字：榆树。让他答应。他想说，我不叫榆树，叫刘三。又觉得在梦中，叫就叫吧，反正不是真的，醒来他还是刘三。

两个大人坐在旁边，让他叫爸爸妈妈。他认得那个男的，是舅舅，到过自己家，还住了几天。怎么变成爸爸了？自己有爸爸妈妈呀，怎么又成了别人家的儿子？他想不清。反正是梦。梦里的事情，怎么安排的就怎么做，跟演戏一样，一阵子就过去了。他刚会听话时，母亲就教他怎样辨别梦。母亲说，孩子，我们过的生活，一段是真的，一段是假的。假的那一段是梦。千万别搞混了。早晨起来不要还接着晚上的梦去生活，那样整个白天都变成黑夜了。

但我弟弟还是经常把梦和现实混在一起。他在白天哭喊，闹。我们以为他生病了，给他喂药。以为饿了，渴了，给他馍馍吃，给水喝。他还是哭闹。没命地哭喊。母亲问他，他说不出。

他在早晨哭，一睁眼就哭。哭到中午停下来，愣愣地朝四处望，朝天上、地上望。半夜也哭，哭着哭着又笑了。

母亲说，你弟弟还没分清梦和现实。他醒来看不见梦里的东西了，就哭喊。哭喊到中午渐渐接受了白天。到晚上睡梦中他认识的白天又不见了，又哭喊，哭着哭着又接受了。我们不知道他夜夜梦见什么。他在梦里的生活，可能比醒来的好，他在梦里还有一个妈妈，可能也比我好。不然他不会在白天哭得死去活来。

弟弟被抱走前的几个月，已经不怎么爱哭了。我带着他在村里玩，那时村里就他一个这么小的孩子，其他孩子，远远地隔着三岁、五岁，我们走不到跟前。我带着他和风玩，和虫子树叶玩，和自己的影子玩。在我弟弟的记忆里，人全长大走了，连我也长大走了，他一个人在村子里走，地上只剩下大人的影子。

他刚刚承认睁开眼看见的这个村子，刚刚认牢实家里的每个人，就要把梦分开了，突然地，一个夜晚他睡着时，被人抱到另一个村庄。

他们给他洗头，剃光头发，剪掉指甲，连眉毛、睫毛都剪了。

"再长出来时，你就完全是我们家的人了。"让他叫妈妈的女人说。

他摸摸自己的光头，又摸摸剪秃的指甲，笑了笑。这不是真的。我已经知道什么是真的了。我的弟弟在心里说。

多少年后，我的弟弟突然清醒过来。他听一个邻居讲出自己的身世。邻居是个孤老头，每天坐在房顶，看村子，看远远近近的路。老头家以前七口人，后来一个一个走得不见了。那个孤老头，在自己家人走失后，开始一天不落清点进出村子的人。只要天边有尘土扬起，他就会说，看，肯定是我们家的人，在远处走动。

他说"看"的时候，身后只有半截黑烟囱。

那时我的弟弟站在房后的院子。在他的每一场梦中都有一个孤老头坐在房顶。他已经认得他，知道关于他的许多事。

一个早晨，我弟弟爬梯子上房，站在孤老头身后，听他挨家挨户讲这个村子，还讲村子中间的一棵大树。说那棵树一直站着做梦，反反复复地梦见自己的叶子绿了，又黄了。一棵活着的树，谁都看不清它。只有把它砍了，锯掉根和枝，剩下中间一截木头，谁都能看清楚了。

讲到舅舅家时，老头停住了。停了好久，其间烟囱的影子移到西墙头，跌下房，房顶的泥皮被太阳晒烫，老头的话又来了。

你被马车拉到这一家的那个早晨，我就坐在房顶。老头说。我看见他们把你抱到屋里。你是唯一一个睡着来到村庄的人。我不知道你带来一个多么大的梦，你的脑子里装满另一个村庄的事。你把在我们村里醒来的那个早晨当成了梦。你在这个家里的生活，就这样开始了。你一直把我们当成你的一个梦，你以为是你梦见了我们。因为你一直这样认为，我们一村庄人的生活，从你被抱来睁开眼睛的那一刻，就变虚了。尽管我们依旧像以前一样实实在在地生活，可是，在你的眼睛中我们只是一场梦。我们无法不在乎你的看法。因为我们也不知道自己活在怎样的生活中。我们给了你一千个早晨，让你从这个村庄醒来。让你把弄反的醒和睡调整过来。一开始我们都认为这家人抱回来一个傻子，梦和醒不分。可是，多少年来，一个又一个早晨，你一再地把我们的生活当成梦时，我们心里也虚了。难道我们的生活只是别人的一个遥远睡梦？我们活在自己不知道的一个梦里。现在，这个梦见我们的人就走在村里。

从那时起，我们就把你当神一样看，你在村里做什么都没人管。谁见了你都不大声说话。我们是你梦见的一村庄人。你醒了我们也就不见了，烟一样散掉了。不知道你的梦会有多长。我们提心吊胆。以前我看远处路上的尘土，看进出村子的人。现在我每天盯着你看。我把梯子搭在后墙，让你天天看见梯子。有一天你会朝上走到房顶。我等了你好多年，你终于上来了。我得把前前后后的事给你说清楚，你肯定会认为我说的全是梦话。你朝下看一看，会不会害怕眼前的这个梦太过真实？

我弟弟一开始听不懂孤老头的话，他两眼恍惚地望着被老头说出来的村子，望着房顶后面的院子，他的姐姐全仰头望他，喊榆木，榆木，下来，吃午饭了。

他呆呆地把村子看了一遍又一遍。又看着喊他下来的三个姐姐，另两个怎么不见了。怎么少了两个姐姐，他使劲想。突然地，他惊醒过来。像一个迷向的人，回转过来。村子真实地摆在眼前，三个姐姐真实地站在院子里，他不敢看她们，不敢从房顶下来。以前他认为的真实生活，原来全是回忆和梦。他的真实生活在两岁时，被人偷换了。他突然看见已经长大的自己，高高晃晃，站在房顶。其间发生了多少他认为是梦的事，他一下全想起来。

有一天，那个让他叫爸爸的男人去世了，他的五个姐姐抱头痛哭，让他叫妈妈的女人泣不成声。他站在一边，愣愣地安慰自己：这是梦中的死亡，不是真的。

另外一年大姐姐远嫁，娶她的男人把马车停在院门口，车上铺着红毡，马笼套上缀着红缨。他依稀记得这辆马车，跑顺风买卖的，去年秋天，一场西风在村里停住，这辆马车也停下来，车户借住在姐姐家里，半个月后西风又起了，马车却再没上路，赶车的男人自愿留下来，帮姐姐家秋收，姐姐家正好缺劳力，就让他留下了。他看上了二姐姐，一天到晚眼睛盯着二姐姐看，好像他的目光缠在二姐姐身上，结了死疙瘩。最后，姐姐的母亲说把大姐姐给他拉走，因为二姐姐还没成人，赶车人说愿意住下等，等到二姐姐成人。姐姐的母亲好像默许了。不知为什么，没等到几年，只过了一个秋天、一个冬天和春天，他又决定娶大姐姐了，他不等二姐姐成人了，可能等不及了，也可能发生了其他事，赶车人忍不住，摘了先熟的桃子。这些我的弟弟全看见，但他没认真去想，去记。赶车人把大姐姐抱到车上，在一场东风里离开村子。出门前家里人都难过，姐姐的母亲在哭。另几个姐姐也围着车哭。当了新娘的姐姐，抱着弟弟哭，弟弟也想流泪，放开嗓子哭，又想这只是梦里，不必当真。

他的五个姐姐，一个比一个喜欢他。那两个让他叫爸爸妈妈的大人，也特别喜欢他。但他一想到这只是梦，也就不留心了。他从不把他们的喜欢当回事儿。

这么多年，在他自认为是梦的恍惚生活中，他都干了些什么，做了多少荒唐事。

我弟弟在得知自己身世的第五天，逃跑了。这五天他一直没回村子，藏在村外的大榆树上，眼睛直直地盯着进出村子的人和牲口，盯着姐姐家的房顶和院门。这真是我真实生活的村庄吗？我一直认为是梦，一场一场的梦，我从没有认真对待过这里的人和事情，我由着性子，胡作非为。我干了多少不是人干的事情。我当着人的面亲姐姐的嘴，摸姐姐的乳房。我以为他们全是梦中的影子，我梦见这一村庄人，梦见五个姐姐。我醒来他们全消失。可是，醒来后他们真真实实地摆在面前。

弟弟失踪后，整个荒野被五个姐姐的呼喊填满，远嫁的两个姐姐也回来了，她们在每条路上找他。在每个黄昏和早晨对着太阳喊他。每一句他都听到了，他一句不回应。他没法答应。他找不到他的声音。

整个村子都乱了。地上到处是乱糟糟的影子。梦见他们的人醒了，一村庄人的生活，重新变得遥远。

我弟弟沿着他梦中走过的道路找到虚土庄。自从抱走了弟弟，舅舅再没来过虚土庄。他把两个村庄间的路埋掉。他担心我弟弟长大了会找回来。弟弟还是找回来了。

弟弟回来的时候，家已经完全陌生，父亲走失，母亲变成白发苍苍的老人，哥哥们长成不认识的大人，他被抱走后出生的妹妹，都要出嫁。他被另一个村庄的风，吹得走了形。连母亲都认不出他。多少年他吃别处的粮食，呼吸另一片天空下的空气，已经没有一点点虚土庄人的样子。说话的腔调，走路的架势，都像外乡人。

母亲一直留着弟弟的衣服和鞋，留着他晚上睡觉的那片炕。尽管又生了几个弟弟和妹妹，他睡过的那片炕一直空着，枕头原样摆着。夜里我睁开眼，看见一坨月光照在空枕头上。我每夜感觉到他回来，静静地挨着我躺下，呼出的鼻息吹到我脸上。有时他在院子里走动，在院门外的土路上奔跑叫喊。他在梦中回来的时候，村子空空的，留给他一个人。所有道路给他一个人奔跑，所有房子由他进出，所有月光和星星，给他照明。

我从谁那里知道了这些，仿佛我经历了一切，我在那个早晨睁开眼睛，看见围在身边的五个姐姐，一个比一个高半头，一个比一个好看。也许那个晚上，我的一只眼睛跟着弟弟走了。我看见的一半生活是他的。

我弟弟像一个过客，留在虚土庄，他天天围着房子转几圈，好像在寻找什么。村里没有一个他认识的人，他们也不认识他。他时常走到村外的沙包上，站在张望身边，长久地看着村子。那时张望已经瞎了眼，他从我弟弟的脚步声判断，一个外乡人进了村。我弟弟是夜里走失的，在张望的账本里，这个人多少年没有动静，好像睡着了。当我弟弟走到跟前时，他才听出来，这双脚多年前，曾经踩起过虚土梁上的尘土，那些尘土中的一两粒，一直没落下来，在云朵上，睁开眼睛。

我弟弟站在我当年站的地方，像我一样，静静听已经瞎了的张望说话。他一遍又一遍说着村里的人和事，一户挨一户地说。

"看，房顶码着木头的那户人家，有五口人不在了。剩下的三口人出去找他们，也没回来。"

"门口长着沙枣树的那户人家呢？人都到哪儿去了？这么些年，那棵沙枣树下的人家都发生了什么事？"我弟弟问。

不知道张望向他回答了什么。也许关于自己家的事，他一句话都问不到。和我那时一样。这个张望，他告诉我村庄的所有事情，唯独把我们家的事隐瞒了。也许身后站着另一个人时，他说的全是我们家的事。

"看，门口长一棵沙枣树的那户人家。"

他会怎样说下去，在他几十年来，一天天的注视里，我们家到底发生了什么事，谁走了，谁在远处没有回来。我们家还有几口人在外面。我又在哪里。

在别处我也从没听到过有关我们家的一丝消息。仿佛我们不在这个村庄。仿佛我们一直静悄悄地过着别人不知道的生活。

我弟弟回来的时候，我只是感觉他带回来我的一只眼睛。我的另一只眼睛，又在别处看见谁的生活。我什么都记不清，乱糟糟的。也许那时候，我刚好回到童年，回到他被人抱走的那个夜晚，我头蒙在被子里，从一个小缝看着他被抱走，我依旧不知道该怎么办。

谁的影子

那时候，喜欢在秋天的下午捉蜻蜓，蜻蜓一动不动趴在向西的土墙上，也不知哪儿来那么多蜻蜓，一个夏天似乎只见过有数的几只，单单地，在草丛和庄稼地里飞，一转眼便飞得不见。或许秋天人们将田野里的庄稼收完草割光，蜻蜓没地方落了，都落到村子里。一到下午几乎家家户户每一堵朝西的墙壁上都爬满了蜻蜓，夕阳照着它们透明的薄翼和花色各异的细长尾巴。顺着墙根悄悄溜过去，用手一按，就捉住一只。捉住了也不怎么挣扎，一只捉走了，其他的照旧静静趴着。如果够得着，搭个梯子，把一墙的蜻蜓捉光，也没一只飞走的。好像蜻蜓对此时此刻的阳光迷恋至极，生怕一拍翅，那点暖暖的光阴就会飞逝。蜻蜓飞来飞去最终飞到夕阳里的一堵土墙上。人东奔西波最后也奔波到暮年黄昏的一截残墙根。

捉蜻蜓只是孩子们的游戏，长大长老的那些人，坐在墙根聊天或打盹，蜻蜓爬满头顶的墙壁，爬在黄旧的帽檐上，像一件精心的刺绣。人偶尔抬头看几眼，接着打盹或聊天，连落在鼻尖上的蚊子，也懒得拍赶。仿佛夕阳已短暂到无法将一个动作做完，一口气吸完。人、蜻蜓和蚊虫，在即将消失的同一缕残阳里，已无从顾及。

也是一样的黄昏，从西边田野上走来一个人，个子高高的，扛着锹，走路一摇一晃。他的脊背爬满晒太阳的蜻蜓，他不知觉。他的衣裳和帽子，都被太阳晒黄。他的后脑勺晒得有些发烫。他正从西边一个大斜坡上下来，影子在他前面，长长的，已经伸进家。他的妻子在院子里，做好了饭，看见丈夫的影子从敞开的大门伸进来，先是一个头——戴帽子的头。接着是脖子，弯起的一只胳膊和横在肩上的一把锹。她喊孩子打洗脸水："你爸的影子已经进屋了。快准备吃晚饭了。"

孩子打好水，脸盆放在地上，跑到院门口，看见父亲还在远处的田野里走着，独独的一个人，一摇一晃的。他的影子像一渠水，悠长地朝家里流淌着。

那是谁的父亲。

谁的母亲在那个门朝西开的院子里，做好了饭。谁站在门口朝外看。谁看见了他们……他停住，像风中的一片叶子停住、尘埃中的一粒土停住，茫然地停住——他认出那个院子了，认出那条影子尽头扛锨归来的人，认出挨个摆在锅台上的八只空碗，碗沿的豁口和细纹，认出铁锅里已经煮熟冒出香味的晚饭，认出靠墙坐着抽烟的大哥，往墙边抬一根木头的三弟、四弟，把木桌擦净一双一双总共摆上八双筷子的大妹梅子，一只手拉着母亲后襟嚷着吃饭的小妹燕子……

他感激地停留住。

永远一样的黄昏

　　每天这个时辰，当最后一缕夕阳照到门框上我就回来，赶着牛车回来，吆着羊群回来，背着柴火回来。父亲母亲、弟弟妹妹都在院子，黄狗芦花鸡还没回窝休息。全是一样的黄昏。一样简单的晚饭使劳累一天的家人聚在一起——面条、馍馍、白菜——永远我能赶上的一顿晚饭，总是吃到很晚。父亲靠着背椅，母亲坐在小板凳上，儿女们蹲在土块和木头上，吃空的碗放在地上，没有收拾。一家人静静待着，天渐渐黑了，谁也看不见谁了，还静静待着。油灯在屋子里，没人去点着。也没人说一句话。

　　另外一个黄昏，夕阳在很远处，被阴云拦住，没有照到门框上。天又低又沉。满院子的风。很大的树枝和叶子，飘过天空。院门一开一合，"啪啪"响着。顶门的木棍倒在地上。一家人一动不动坐在院子。天眼看要黑。天就要黑。我们等这个时辰，它到了我们还在等，黑黑地等。像在等家里的一个人。好像一家人都在。又好像有一个没回来。谁没有回来。风呜呜地刮。很大的树枝和叶子，接连不断地飘过头顶。

风给你开门，给你关门。

很多年前，我们都在的时候，我们开始了等候。那时我们似乎已经知道，日后能够等候我们的，依旧是静坐在那些永远一样的黄昏里，一动不动的我们自己。

风中的院门

我知道哪个路口停着牛车，哪片洼地的草一直没有人割。黄昏时夕阳一拃一拃移过村子。我知道夕阳在哪堵墙上照的时间最长。多少个下午，我在村外的田野上，看着夕阳很快地滑过一排排平整的高矮土墙，停留在那堵裂着一条斜缝、泥皮脱落的高大土墙上。我同样知道那个靠墙根晒太阳的老人她弥留世间的漫长时光。她是我奶奶。天黑前她总在那个墙根等我，她担心我走丢了，认不得黑路。可我早就知道天从哪片地里开始黑起，夜晚哪颗星星下面稍亮一些，天黑透后最黑的那一片就是村子。再晚我也能回到家里。我知道那扇院门虚掩着，刮风时院门一开一合，我站在门外，等风把门刮开。我一进去，风又很快把院门关住。

剩下的事情

一、剩下的事情

　　他们都回去了。我一个人留在野地上，看守麦垛。得有一个月时间，他们才能忙完村里的活儿，腾出手回来打麦子。野地离村子有大半天的路，也就是说，一个人不能在一天内往返一次野地。这是大概两天的路程，你硬要一天走完，说不定你走到什么地方，天突然黑了，剩下的路可就不好走了。谁都不想走到最后，剩下一截子黑路。是不是。

　　紧张的麦收结束了。同样的劳动，又在其他什么地方开始，这我能想得出。我知道村庄周围有几块地。他们给我留下够吃一个月的面和米，留下不够炒两顿菜的小半瓶清油。给我安排活儿的人，临走时又追加了一句：别老闲着望天，看有没有剩下的活儿，主动干干。

第二天，我在麦茬地走了一圈，发现好多活儿没有干完，麦子没割完，麦捆没有拉完。可是麦收结束了，人都回去了。

在麦地南边，扔着一大捆麦子。显然是拉麦捆的人故意漏装的。地西头则整齐地长着半垄麦子。即使割完的麦垄，也在最后剩下那么一两镰，不好看地长在那里。似乎人干到最后已没有一丝耐心和力气。

我能想到这个剩下半垄麦子的人，肯定是最后一个离开地头。在那个下午的斜阳里，没割倒的半垄麦子，一直望着扔下它们的那个人，走到麦地另一头，走进或蹲或站的一堆人里，再也认不出来。

麦地太大。从一头几乎望不到另一头。割麦的人一人把一垄，不抬头地往前赶，一直割到天色渐晚，割到四周没有了镰声，抬起头，发现其他人早割完回去了，剩下他孤零零的一垄。他有点急了，弯下腰猛割几镰，又茫然地停住。地里没一个人。干没干完都没人管了。没人知道他没干完，也没人知道他干完了。验收这件事的人回去了。他一下泄了气，瘫坐在麦茬上，愣了会儿神：球，不干了。

我或许能查出这个活儿没干完的人。

我已经知道他是谁。

但我不能把他喊回来，把剩下的麦子割完。这件事已经结束，更紧迫的劳动在别处开始。剩下的事情不再重要。

以后几天，我干着许多人干剩下的事情，一个人在空荡荡的麦地里转来转去。我想许多轰轰烈烈的大事之后，都会有一个收尾的人，他远远地跟在人们后头，干着他们自以为干完的事情。许多事情都一样，开始干的人很多，到了最后，便成了某一个人的。

二、远离村人

我每天的事：早晨起来望一眼麦垛。总共五大垛，一溜排开。整个白天可以不管它们。到了下午，天黑之前，再朝四野里望一望，看有无可疑的东西朝这边移动。

这片大野隐藏着许多东西。一个人，五垛麦子，也是其中的隐匿者，谁也不愿让谁发现。即使是树，也都蹲着长，躯干一曲再曲，枝丫匍着地伸展。我从没在荒野上看见一棵像杨树一样高扬着头，招摇而长的植物。有一种东西压着万物的头，也压抑着我。

有几个下午，我注意到西边的荒野中有一个黑影在不断地变大。我看不清那是什么，它孤孤地蹲在那里，让我几个晚上没睡好觉。若有个东西在你身旁越变越小最后消失了，你或许一点不会在意。有个东西在你身边突然大起来，变得巨大无比，你便会感到惊慌和恐惧。

早晨天刚亮我爬起来，看见那个黑影又长大了一些。再看麦垛，似乎一夜间矮了许多。我有点担心，扛着锨小心翼翼地走过去，穿过麦地走了一阵，才看清楚，是一棵树。一棵枯死的老胡杨树突然长出许多枝条和叶子。我围着树转了一圈。许多叶子是昨晚上才长出来的，我能感觉到它的枝枝叶叶还在长，而且会长得更加蓬蓬勃勃。我想这棵老树在熬过了一个干旱夏天后，它的某一条根，突然扎到了土地深处的一个旺水层。我想一定是这样的。

能让一棵树长得粗壮兴旺的地方，也一定会让一个人活得像模像样。往回走时，我暗暗记住了这个地方。那时，我刚刚开始模糊地意识到，我已经放任自己像植物一样去随意生长。我的胳膊太细，腿也不粗，胆子也不大，需要长的东西很多。多少年来，我似乎忘记了生长。

随着剩下的事情一点一点地干完，莫名的空虚感开始笼罩草棚。活儿干完了，镰刀和铁锨扔到一边。孤单成了一件事情。寂寞和恐惧成了一件大事情。

我第一次感到自己是一个，而它们——成群的、连片的、成堆的——对着我。我的群落在几十里外的黄沙梁村里。此时此刻，我的村民帮不了我，朋友和亲人帮不了我。

我的寂寞和恐惧是从村里带来的。

每个人最后都是独自面对剩下的寂寞和恐惧，无论在人群中还是在荒野上。那是他一个人的。

就像一粒虫、一棵草，在它浩荡的群落中孤单地面对自己的那份欢乐和痛苦。其他的虫、草不知道。

一棵树枯死了，提前进入了比生更漫长的无花无叶的枯木期。其他的树还活着，枝繁叶茂。阳光照在绿叶上，也照在一棵枯树上。我们看不见一棵枯树在阳光中生长着什么。它埋在地深处的根在向什么地方延伸。死亡以后的事情，我们不知道。

一个人死了，我们把他搁过去——埋掉。

我们在坟墓旁边往下活。活着活着，就会觉得不对劲：这条路是谁留下的。那件事谁做过了。这句话谁说过。那个女人谁爱过。

我在村人中生活了几十年，什么事都经过了，再待下去，也不会有啥新鲜事。剩下的几十年，我想在花草中度过，在虫鸟水土中度过。我不知道这样行不行，或许村里人会把我喊回去，让我娶个女人生养孩子。让我翻地，种下一年的麦子。他们不会让我闲下来，他们必做的事情，也必然是我的事情。他们不会知道，在我心中，这些事情早就结束了。

如果我还有什么剩下要做的事情，那就是一棵草的事情，一粒虫的事情，一片云的事情。

我在野地上还有十几天时间，也可能更长。我正好远离村人，做点自己的事情。

三、风把人刮歪

刮了一夜大风。我在半夜被风喊醒。风在草棚和麦垛上发出恐怖的怪叫，像女人不舒畅的哭喊。这些突兀地出现在荒野中的草棚麦垛，绊住了风的腿，扯住了风的衣裳，缠住了风的头发，让它追不上前面的风。她撕扯，哭喊。喊得满天地都是风声。

我把头伸出草棚，黑暗中隐约有几件东西在地上滚动，滚得极快，一晃就不见了。是风把麦捆刮走了。我不清楚刮走了多少，也只能看着它刮走。我比一捆麦子大不了多少，一出去可能就找不见自己了。风朝着村子那边刮。如果风不在中途拐弯，一捆一捆的麦子会在风中跑回村子。明早村人醒来，看见一捆捆麦子躲在墙根，像回来的家畜一样。

每年都有几场大风经过村庄。风把人刮歪，又把歪长的树刮直。风从不同方向来，人和草木，往哪边斜不由自主。能做到的只是在每一场风后，把自己扶直。一棵树在各种各样的风中变得扭曲，古里古怪。你几乎可以看出它沧桑躯干上的哪个弯是南风吹的，哪个拐是北风刮的。但它最终高大粗壮地立在土地上，无论南风北风都无力动摇它。

我们村边就有几棵这样的大树，村里也有几个这样的人。我太年轻，根扎得不深，躯干也不结实，担心自己会被一场大风刮跑，像一棵草一片树叶，随风千里，飘落到一个陌生地方。也不管你喜不喜欢，愿不愿意，风把你一扔就不见了。你没地方去找风的麻烦，刮风的时候满世界都是风，风一停就只剩下空气。天空若无其事，大地也像什么都没发生。只有你的命运被改变了，莫名其妙地落在另一个地方。你只好等另一场相反的风把自己刮回去。可能一等多年，再没有一场能刮起你的大风。你在等待飞翔的时间里不情愿地长大，变得沉重无比。

去年，我在一场东风中，看见很久以前从我们家榆树上刮走的一片树叶，又从远处刮回来。它在空中翻了几个跟头，摇摇晃晃地落到窗台上。那场风刚好在我们村里停住，像是猛然刹住了车。许多东西从天上往下掉，有纸片——写字的和没写字的纸片、布条、头发和毛，更多的是树叶。我在纷纷下落的东西中认出了我们家榆树上的一片树叶。我赶忙抓住它，平放在手中。这片叶的边缘已有几处损伤，原先背阴的一面被晒得有些发白——它在什么地方经受了什么样的阳光。另一面粘着些褐黄的黏土。我不知道它被刮了多远又被另一场风刮回来，一路上经过了多少地方，这些地方都是我从没去过的。它飘回来了，这是极少数的一片叶子。

风是空气在跑。一场风一过，一个地方原有的空气便跑光了，有些气味再闻不到，有些东西再看不到——昨天弥漫村巷的谁家炒菜的肉香。昨晚被一个人独享的女人的体香。下午晾在树上忘收的一块布。早上放在窗台上写着几句话的一张纸。风把一个村庄酝酿许久的、被一村人吸进呼出弄出特殊味道的一窝子空气，整个地搬运到百里千里外的另一个地方。

每一场风后，都会有几朵我们不认识的云，停留在村庄上头，模样怪怪的，颜色生生的，弄不清啥意思。短期内如果没风，这几朵云就会一动不动赖在头顶，不管我们喜不喜欢。我们看顺眼的云，在风中跑得一朵都找不见。

风一过，人忙起来，很少有空看天。偶尔看几眼，也能看顺眼，把它认成我们村的云，天热了盼它遮遮阳，地旱了盼它下点雨。地果真就旱了，一两个月没水，庄稼一片片蔫了。头顶的几朵云，在村人苦苦的期盼中果真有了些雨意，颜色由雪白变铅灰再变墨黑。眼看要降雨了，突然一阵北风，这些饱含雨水的云跌跌撞撞，飞速地离开村庄，在荒无人烟的南梁上，哗啦啦下了一夜雨。

我们望着头顶腾空的晴朗天空，骂着那些养不乖的野云。第二天全村人开会，做了一个严厉的决定：以后不管南来北往的云，一律不让它在我们村庄上头停，让云远远滚蛋。我们不再指望天上的水，我们要挖一条穿越戈壁的长渠。

那一年村长是胡木，我太年轻，整日缩着头，等待机会来临。

各种各样的风经过了村庄。屋顶上的土，吹光几次，住在房子里的人也记不清楚。无论南墙北墙东墙西墙都被风吹旧，也都似乎为一户户的村人挡住了南来北往的风。有些人不见了，更多的人留下来。什么留住了他们。

什么留住了我。

什么留住了风中的麦垛。

如果所有粮食在风中跑光，所有的村人，会不会在风停之后远走他乡，留一座空荡荡的村庄。

早晨我看见被风刮跑的麦捆，在半里外，被几棵铃铛刺拦住。

这些一墩一墩，长在地边上的铃铛刺，多少次挡住我们的路，挂烂手和衣服，也曾多少次被我们的镢头连根挖除，堆在一起一把火烧掉。可是第二年它们又出现在那里。

我们不清楚铃铛刺长在大地上有啥用处。它浑身的小小尖刺，让企图吃它的嘴、折它的手和践它的蹄远离之后，就闲闲地端扎着，刺天空，刺云，刺空气和风。现在它抱住了我们的麦捆，没让它在风中跑远。我第一次对铃铛刺深怀感激。

也许我们周围的许多东西，都是我们生活的一部分，生命的一部分，关键时刻挽留住我们。一株草，一棵树，一片云，一只小虫……它替匆忙的我们在土中扎根，在空中驻足，在风中浅唱……

任何一株草的死亡都是人的死亡。

任何一棵树的夭折都是人的夭折。

任何一粒虫的鸣叫也是人的鸣叫。

四、铁锨是个好东西

我出门时都扛着铁锨。铁锨是这个世界伸给我的一只孤手，我必须牢牢握住它。

铁锨是个好东西。

我在野外走累了，想躺一阵，几锨就会铲出一块平坦的床来。顺手挖两锨土，就垒一个不错的枕头。我睡着的时候，铁锨直插在荒野上，不同于任何一棵树一杆枯木。有人找我，远远会看见一把锨。有野驴野牛飞奔过来，也会早早绕过铁锨，免得踩着我。遇到难翻的梁，虽不能挖个洞钻过去，碰到挡路的灌木，却可以一锨铲掉。这棵灌木也许永不会弄懂挨这一锨的缘故——它长错了地方，挡了我的路。我的铁锨毫不客气地断了它一年的生路。我却从不去想是我走错了路，来到野棘丛生的荒地。不过，第二年这棵灌木又会从老地方重长出一棵来，还会长到这么高，长出这么多枝杈，把我铲开的路密密封死。如果几年后我从原路回来，还会被这一棵挡住。树木不像人，在一个地方吃了亏下次会躲开。树仅有一条向上的生路。我东走西走，可能越走越远，再回不到这一步。

在荒野上我遇到许多动物，有的头顶尖角，有的嘴龇利牙，有的浑身带刺，有的飞扬猛蹄，我肩扛铁锨，互不相犯。

我还碰到过一匹狼。几乎是迎面遇到的。我们在相距约二十米处同时停住。狼和我都感到突然——两个低头赶路的敌对动物猛一抬眼，发现彼此已经照面，绕过去已不可能。狼上上下下打量着我。我从头到尾注视着狼。这匹狼看上去就像一个穷叫花子，毛发如秋草黄而杂乱，像是刚从刺丛中钻出来，脊背上还少了一块毛。肚子也瘪瘪的，活像一个没支稳当的骨头架子。

看来它活得不咋样。

这样一想倒有了一点优越感。再看狼的眼睛，也似乎可怜兮兮的，像在乞求：你让我吃了吧。你就让我吃了吧。我已经几天没有吃东西了。

狼要是吃麦子，我会扔给它几捆子。要是吃饭，我会为它做一顿。问题是，狼非要吃肉。吃我腿上的肉，吃我胸上的肉，吃我胳膊上的肉，吃我脸上的肉。在狼天性的孤独中，我看到它选择唯一食物的孤独。

我没看出这是匹公狼还是母狼。我没敢把头低下朝它的后裆里看，我怕它咬断我的脖子。

在狼眼中我又是啥样子呢。狼那样认真地打量着我，从头到脚，足足有半小时，最后狼悻悻地转身走了。我似乎从狼的眼神中看见了一丝失望——一个生命对另一个生命的失望。我不清楚这丝失望的全部含义。我一直看着狼翻过一座沙梁后消失。我松了一口气，放下肩上的铁锨，才发现握锨的手已出汗。

这匹狼大概从没见过扛锨的人，对我肩上多出来的这一截东西眼生，不敢贸然下口。狼放弃了我。狼是明智的。不然我的锨刃将染上狼血，这是我不愿看到的。

我没有狼的孤独。我的孤独不在荒野上，而在人群中。人们干出的事情放在这里，即使最无助时我也不觉孤独和恐惧。假若有一群猛兽飞奔而来，它们会首先惊慑于荒野中的这片麦地，以及耸在地头的高大麦垛，而后对站在麦垛旁手持铁锨的我不敢轻视。一群野兽踏上人耕过的土地，踩在人种出的作物上，也会像人步入猛兽出没的野林一样惊恐。

人们干出的事情放在土地上。

人们把许多大事情都干完了。剩下些小事情。人能干的事情也就这么多了。

而那匹剩下的孤狼是不是人的事情。人迟早还会面对这匹狼，或者消灭或者让它活下去。

我还有多少要干的事情。哪一件不是别人干剩下的——我自己的事情。如果我把所有的活儿干完，我会把铁锨插在空地上远去。

曾经干过多少事情，刃磨短磨钝的一把铁锨，插在地上。

是谁最后要面对的事情。

五、野兔的路

上午我沿一条野兔的路向西走了近半小时，我想去看看野兔是咋生活的。野兔的路窄窄的，勉强能容下我的一只脚。要是迎面走来一只野兔，我只有让到一旁，让它先过去。可是一只野兔也没有。看得出，野兔在这条路上走了许多年，小路陷进地面有一拳深。路上撒满了黑豆般大小的粪蛋。野兔喜欢把粪蛋撒在自己的路上，可能边走边撒，边跑边撒，它不会为排粪蛋这样的小事停下来，像人一样专门找个隐蔽处蹲半天。野兔的事可能不比人的少。它们一生下就跑，为一口草跑，为一条命跑，用四只小蹄跑。结果呢，谁知道跑掉了多少。

一只奔波中的野兔，看见自己上午撒的粪蛋还在路上新鲜地冒着热气是不是很有意思。

不吃窝边草的野兔，为一口草奔跑一夜回来，看见窝边青草被别的野兔或野羊吃得精光又是什么感触。

兔的路小心地绕过一些微小东西，一棵草、一截断木、一个土块就能让它弯曲。有时兔的路从挨得很近的两棵刺草间穿过，我只好绕过去。其实我无法看见野兔的生活，它们躲到这么远，就是害怕让人看见。一旦让人看见或许就没命了。或许我的到来已经惊跑了野兔。反正，一只野兔没碰到，却走到一片密麻麻的铃铛刺旁，打量了半天，根本无法过去。我蹲下身，看见野兔的路伸进刺丛，在那些刺条的根部绕来绕去不见了。

往回走时，看见自己的一行大脚印深嵌在窄窄的兔子的小路上，突然觉得好笑。我不去走自己的大道，跑到这条小动物的路上闲逛啥，把人家的路踩坏。野兔要来来回回走多少年，才能把我的一只深脚印踩平。或许野兔一生气，不要这条路了。气再生得大点，不要这片草地了，翻过沙梁远远地迁居到另一片草地。你说我这么大的人了，干了件啥事。

过了几天，我专程来看了看这条路，发现上面又有了新鲜的小爪印，看来野兔没放弃它。只是我的深脚印给野兔增添了一路坎坷，好久都觉得不好意思。

六、等牛把这事干完

麦子快割完的那天下午，地头上赶来一群牛，有三十来头。先割完麦子的人，已陆陆续续从麦地那头往回走。我和老马走出草棚。老马一手提刀，一手拿着根麻绳。我背着手跟在老马后头。我是打下手的。

我们等这群牛等了一个上午。

早晨给我们安排活儿的人说，牛群快赶过来了，你们磨好刀等着。宰那头鼻梁上有道白印子的小黑公牛。肉嫩，煮得快。

结果牛群没来，我们闲了一上午。

那头要宰的黑公牛正在爬高，压在它身下的是头年轻的花白母牛。我们走过去时，公牛刚刚爬上去，花白母牛半推半就地挣扎了几下，好像不好意思，把头转了过去，却正好把亮汪汪的屁股对着我们。

"快死了还干这事。"老马拿着绳要去套牛，被我拦住了。

"慌啥。抽根烟再动手也不迟。"我说。

我和老马在草地上坐下，开始卷烟抽。我们边抽烟边看着牛干事情。

我们一直等到牛把这件事干完。

我们无法等到牛把所有的事干完。刀已磨快，水也烧开，等候吃肉的，坐在草棚外。宰牛是分给我们的事情，不能再拖延。

整个过程我几乎没帮上忙。老马是个老屠夫，宰得十分顺利。他先用绳把牛的一只前蹄和一只后蹄交叉拴在一起，用力一拉，牛便倒了。像一堵墙一样倒了。

接着牛的四蹄被牢牢绑在一起。老马用手轻摸着牛的脖子，找下刀的地方。老马摸牛脖子的时候，牛便舒服地闭上眼睛。刀很麻利地捅了进去。牛没吭一声，也没挣扎一下。

冒着热气的牛肉一块块卸下来，被人扛到草棚那边。肠肚、牛蹄和牛头扔在草地上，这是不要的东西。

卸牛后腿的时候，老马递给我一根软绵绵的东西。

"拿着，这个有用，煮上吃了劲大得很。"

我一看，是牛的那东西。原扔给了老马。

"你煮了吃吧，你老了。我不需要这个。"我说。

老马瞥了我一眼，拿刀尖一挑，那东西便和肠肚扔在了一起。我们需要的只是牛肉。牛的清纯目光、牛哞、牛的奔跑和走动、兴奋和激情，还有，刚才还在享受生活的一根牛鞭，都只有当杂碎扔掉了。

一头牛的肉，煮在大铁锅里，成了一群人的晚餐。我们吃了十几天的素，终于等来一顿荤。一头牛的肉，将化成人们明天割麦子的劲，化成麦子割完后回到家里的劲。

啃牛骨头时我又看见老马扔掉的那截东西，老马说得对，或许我真的应该煮着吃了它，或许我以后的生活中，真的需要一头小公牛的劲，或许以后无论我干什么，我所用的都是这个黄昏里宰杀的一头牛的劲，我用它未尽的力气，做着今生里剩下的事情。

七、对一朵花微笑

我一回头，身后的草全开花了。一大片，像谁说了一个笑话，把一摊草惹笑了。

我正躺在土坡上想事情。是否我想的事情——一个人头脑中的奇怪想法让草觉得好笑，在微风中笑得前仰后合。有的哈哈大笑，有的半掩芳唇，忍俊不禁。靠近我身边的两朵，一朵面朝我，张开薄薄的粉红花瓣，似有吟吟笑声入耳。另一朵则扭头掩面，仍不能遮住笑颜。我禁不住也笑了起来。先是微笑，继而哈哈大笑。

这是我第一次在荒野中，一个人笑出声来。

还有一次，我在麦地南边的一片绿草中睡了一觉。我太喜欢这片绿草了，墨绿墨绿，和周围的枯黄野地形成鲜明对比。

我想大概是一个月前，浇灌麦地的人没看好水，或许他把水放进麦田后睡觉去了。水漫过田埂，顺这条干沟漫流而下。枯萎多年的荒草终于等来一次生机。那种绿，是积攒了多少年的，一如我目光中的饥渴。我虽不能像一头牛一样扑过去，猛吃一顿。但我可以在绿草中睡一觉。和我喜爱的东西一起睡一觉，做一个梦，也是满足。

一个在枯黄田野上劳忙半世的人，终于等来草木青青的一年。一小片。草木会不会等到我出人头地的一天。

这些简单地长几片叶，伸几条枝，开几瓣小花的草木，从没长高长大，没有茂盛过的草木，每年每年，从我少有笑容的脸和无精打采的行走中，看到的是否全是不景气。

我活得太严肃，呆板的脸似乎对生存已经麻木，忘了对一朵花微笑，为一片新叶欢欣和激动。这不容易开一次的花朵，难得长出的一片叶子，在荒野中，我的微笑可能是对一个卑小生命的欢迎和鼓励。就像青青芳草让我看到一生中那些还未到来的美好前景。

以后我觉得，我成了荒野中的一个。真正进入一片荒野其实不容易，荒野旷敞着，这个巨大的门让你在努力进入时不经意已经走出来，成为外面人。它的细部永远对你紧闭着。

走进一株草、一滴水、一粒小虫的路可能更远。弄懂一棵草，并不仅限于把草喂到嘴里嚼几下，尝尝味道。挖一个坑，把自己栽进去，浇点水，直愣愣站上半天，感觉到的可能只是腿酸脚麻和腰疼，并不能断定草木长在土里也是这般情景。人没有草木那样深的根，无法知道土深处的事情。人埋在自己的事情里，埋得暗无天日。人把一件件事情干完，干好，人就渐渐出来了。

我从草木身上得到的只是一些人的道理，并不是草木的道理。我自以为弄懂了它们，其实我只弄懂了自己。我不懂它们。

八、三只虫

一只八条腿的小虫，在我的手指上往前爬，爬得慢极了，走走停停，八只小爪踩上去痒痒的。停下的时候，就把针尖大的小头抬起往前望。然后再走。我看得可笑。它望见前面没路了吗，竟然还走。再走一小会儿，就是指甲盖，指甲盖很光滑，到了尽头，它若悬崖勒不住马，肯定一头栽下去。我正为这粒小虫的短视和盲目好笑，它已过了我的指甲盖，到了指尖，头一低，没掉下去，竟从指头底部慢慢悠悠向手心爬去了。

这下该我为自己的眼光羞愧了，我竟没看见指头底下还有路。走向手心的路。

人的自以为是使人只能走到人这一步。

虫子能走到哪里，我除了知道小虫一辈子都走不了几百米，走不出这片草滩以外，我确实不知道虫走到了哪里。

一次我看见一只蜣螂滚着一颗比它大好几倍的粪蛋，滚到一个半坡上。蜣螂头抵着地，用两只后腿使劲往上滚，费了很大劲才滚动了一点点。而且，只要蜣螂稍一松劲，粪蛋有可能原滚下去。我看得着急，真想伸手帮它一把，却不知蜣螂要把它弄到哪儿。朝四周看了一圈也没弄清哪儿是蜣螂的家，是左边那棵草底下，还是右边那几块土坷垃中间。假如弄明白的话，我一伸手就会把这个对蜣螂来说沉重无比的粪蛋轻松拿起来，放到它的家里。我不清楚蜣螂在滚这个粪蛋前，是否先看好了路，我看了半天，也没看出朝这个方向滚去有啥好去处，上了这个小坡是一片平地，再过去是一个更大的坡，坡上都是草，除非从空中运，或者蜣螂先铲草开一条路，否则粪蛋根本无法过去。

或许我的想法天真，蜣螂根本不想把粪蛋滚到哪儿去。它只是做一个游戏，用后腿把粪蛋滚到坡顶上，然后它转过身，绕到另一边，用两只前爪猛一推，粪蛋骨碌碌滚了下去，它要看看能滚多远，以此来断定是后腿劲大还是前腿劲大。谁知道呢。反正我没搞清楚，还是少管闲事。我已经有过教训。

那次是一只蚂蚁，背着一条至少比它大二十倍的干虫，被一个土块挡住。蚂蚁先是自己爬上土块，用嘴咬住干虫往上拉，试了几下不行，又下来钻到干虫下面用头顶，竟然顶起来，摇摇晃晃，眼看顶上去了，却掉了下来，正好把蚂蚁碰了个仰面朝天。蚂蚁一骨碌爬起来，想都没想，又换了种姿势，像那只蜣螂那样头顶着地，用后腿往上举。结果还是一样。但它一刻不停，动作越来越快，也越来越没效果。

我猜想这只蚂蚁一定是急于把干虫搬回洞去。洞里有多少孤老寡小在等着这条虫呢。我要能帮帮它多好。或者，要是再有一只蚂蚁帮忙，不就好办多了吗。正好附近有一只闲转的蚂蚁，我把它抓住，放在那个土块上，我想让它站在上面往上拉，下面的蚂蚁正拼命往上顶呢，一拉一顶，不就上去了吗。

可是这只蚂蚁不愿帮忙，我一放下，它便跳下土块跑了。我又把它抓回来，这次是放在那只忙碌的蚂蚁的旁边，我想是我强迫它帮忙，它生气了。先让两只蚂蚁见见面，商量商量，那只或许会求这只帮忙，这只先说忙，没时间。那只说，不白帮，过后给你一条虫腿。这只说不行，给两条。一条半，那只还价。

我又想错了。那只忙碌的蚂蚁好像感到身后有动静，一回头看见这只，二话没说，扑上去就打。这只被打翻在地，爬起来仓皇而逃。也没看清咋打的，好像两只牵在一起，先是用口咬，接着那只腾出一只前爪，抢开向这只脸上扇去，这只便倒地了。

那只连口气都不喘，回过身又开始搬干虫。我真看急了，一伸手，连干虫带蚂蚁一起扔到土块那边。我想蚂蚁肯定会感激这个天降的帮忙。没想到它生气了，一口咬住干虫，拼命使着劲，硬要把它原搬到土块那边去。

我又搞错了。也许蚂蚁只是想试试自己能不能把一条干虫搬过土块，我却认为它要搬回家去。真是的，一条干虫，我会搬它回家吗。

也许都不是。我这颗大脑袋，压根不知道蚂蚁那只小脑袋里的事情。

九、老鼠应该有一个好收成

我用一个下午，观察老鼠洞穴。我坐在一蓬白草下面，离鼠洞约二十米远。这是老鼠允许我接近的最近距离。再逼近半步老鼠便会仓皇逃进洞穴，让我什么都看不见。

老鼠洞筑在地头一个土包上，有七八个洞口。不知老鼠凭什么选择了这个较高的地势。也许是在洞穴被水淹多少次后，知道了把洞筑在高处。但这个高度它是怎样确定的。靠老鼠的寸光之目，是怎样对一片大地域的地势做高低判断的。它选择一个土包，爬上去望望，自以为身居高处，却不知这个小土包是在一个大坑里。这种可笑短视行为连人都无法避免，况且老鼠。

但老鼠的这个洞的确筑在高处。以我的眼光，方圆几十里内，这也是最好的地势。再大的水灾也不会威胁到它。

这个蜂窝状的鼠洞里住着大约上百只老鼠，每个洞口都有老鼠进进出出，有往外运麦壳和杂渣的，有往里搬麦穗和麦粒的。那繁忙的景象让人觉得它们才是真正的收获者。

有几次我扛着锨过去，忍不住想挖开老鼠的洞看看，它到底贮藏了多少麦子。但我还是没有下手。

老鼠洞分上中下三层，老鼠把麦穗从田野里运回来，先贮存在最上层的洞穴。中层是加工作坊。老鼠把麦穗上的麦粒一粒粒剥下来，麦壳和杂渣运出洞外，干净饱满的麦粒从一个垂直洞口滚落到最下层的底仓。

每一项工作都有严格的分工，不知这种分工和内部管理是怎样完成的。在一群匆忙的老鼠中，哪一个是它们的王，我不认识。我观察了一下午，也没有发现一只背着手迈着方步闲转的官鼠。

我曾在麦地中看见一只当搬运工具的小老鼠，它仰面朝天躺在地上，四肢紧抱着两支麦穗，另一只大老鼠用嘴咬住它的尾巴，当车一样拉着它走。我走近时，拉的那只扔下它跑了，这只不知道发生了啥事，抱着麦穗躺在地上发愣。我踢了它一脚，它才反应过来，一骨碌爬起来，扔下麦穗便跑。我看见它的脊背上磨得红稀稀的，没有了毛。跑起来一歪一斜，很疼的样子。

以前我在地头见过好几只脊背上没毛的死老鼠，我还以为是它们相互撕打致死的，现在明白了。

在麦地中，经常能碰到几只匆忙奔走的老鼠，它们让我停住脚步，想想自己这只忙碌的大老鼠，一天到晚又忙出了啥意思。我终身都不会走进老鼠深深的洞穴，像个客人，打量它堆满底仓的干净麦粒。

老鼠应该有这样的好收成。这也是老鼠的土地。

我们未开垦时，这片长满苦豆和艾蒿的荒地上到处是鼠洞，老鼠靠草籽和草秆为生，过着富足安逸的日子。我们烧掉蒿草和灌木，毁掉老鼠洞，把地翻一翻，种上麦子。我们以为老鼠全被埋进地里了。我们来割麦子的时候，发现地头筑满了老鼠洞，它们已先我们开始了紧张忙碌的麦收。这些没草籽可食的老鼠，只有靠麦粒为生。被我们称为细粮的坚硬麦粒，不知合不合老鼠的口味。老鼠吃着它胃舒不舒服。

这些匆忙的抢收者，让人感到丰收和喜悦不仅仅是人的，也是万物的。

我们喜庆的日子，如果一只老鼠在哭泣，一只鸟在伤心流泪，我们的欢乐将是多么孤独和尴尬。

在我们周围，另一种动物，也在为这片麦子的丰收而欢庆，我们听不见它们的笑声，但能感觉到。

它们和村人一样期待了一个春天和一个漫长夏季。它们的期望没有落空。我们也没落空。它们用那只每次只能拿一支麦穗，捧两颗麦粒的小爪子，从我们的大丰收中，拿走一点儿，就能过很好的日子。而我们，几乎每年都差那么一点儿，就能幸福美满地——吃饱肚子。

十、孤独的声音

有一种鸟，对人怀有很深的敌意。我不知道这种鸟叫什么。它们常站在牛背上捉虫子吃，在羊身上跳来跳去，一见人便远远飞开。

还爱欺负人，在人头上拉鸟屎。

它们成群盘飞在人头顶，发出悦耳的叫声。人陶醉其中，冷不防，一泡鸟屎落在头上。人莫名其妙，抬头看天上，没等看清，又一泡鸟屎落在嘴上或鼻梁上。人生气了，捡一个土块往天上扔，鸟便一只不见了。

还有一种鸟喜欢亲近人，对人说鸟语。

那天我扛着锨站在埂子上，一只鸟飞过来，落在我的锨把上，我扭头看着它，是只挺大的灰鸟。我一伸手就能抓住它。但我没伸手。灰鸟站稳后便对着我的耳朵说起鸟语，声音很急切，一句接一句，像在讲一件事、一种道理。我认真地听着，一动不动。灰鸟不停地叫了半个小时，最后声音沙哑地飞走了。

以后几天我又在别处看见这只鸟，依旧单单的一只。有时落在土块上，有时站在一个枯树枝上，不住地叫。还是给我说过的那些鸟语。只是声音更沙哑了。

离开野地后，我再没见过和那只灰鸟一样的鸟。这种鸟可能就剩下那一只了，它没有了同类，希望找一个能听懂它话语的生命。它曾经找到了我，在我耳边说了那么多动听的鸟语。可我，只是个种地的农民，没在天上飞过，没在高高的树枝上站过。我怎会听懂鸟说的事情呢。

不知那只鸟最后找到知音了没有。听过它孤独鸟语的一个人，却从此默默无声。多少年后，这种孤独的声音出现在他的声音中。

十一、最大的事情

我在野地只待一个月（在村里也就住几十年），一个月后，村里来一些人，把麦子打掉，麦草扔在地边。我们一走，不管活儿干没干完，都不是我们的事情了。

老鼠会在仓满洞盈之后，重选一个地方打新洞。也许就选在草棚旁边，或者草垛下面。草棚这儿地势高，干爽，适合人筑屋鼠打洞。麦草垛下面隐蔽、安全，麦秆中少不了有一些剩余的麦穗麦粒，足够几代老鼠吃。

鸟会把巢筑在草棚上，在伸出来的那截木头上，涂满白色鸟粪。

野鸡会从门缝钻进来，在我们睡觉的草铺上，生几枚蛋，留一地零乱羽毛。

这些都是给下一年来到的人们留下的麻烦事情。下一年，一切会重新开始。剩下的事将被搁在一边。

如果下一年我们不来。下下一年还不来。

如果我们永远地走了，从野地上的草棚，从村庄，从远远近近的城市。如果人的事情结束了，或者人还有万般未竟的事业但人没有了。再也没有了。

那么，我们干完的事，将是留在这个世界上的——最大的事情。

别说一座钢铁空城、一个砖瓦村落，仅仅是我们弃在大地上的一间平常的土房子，就够它们多少年收拾。

草大概用五年时间，长满被人铲平踩瓷实的院子。草根蛰伏在土里，它没有死掉，一直在土中窥听地面上的动静。一年又一年，人的脚步在院子里走来走去，时缓时快，时轻时沉。终于有一天，再听不见了。草根试探性地拱破地面，发一个芽，生两片叶，迎风探望一季，确信再没锨来铲它，脚来踩它，草便一棵一棵从土里钻出来。这片曾经是它们的土地已面目全非，且怪模怪样地耸着一间土房子。

草开始从墙缝往外长，往房顶上长。

而房顶的大木梁中，几只蛀虫正悄悄干着一件大事情。它们打算用七八十年，把这根木梁蛀空。然后房顶塌下来。

与此同时，风四十年吹旧一扇门上的红油漆，雨八十年冲掉墙上的一块泥皮。

厚实的墙基里，一群蝼蚁正一小粒一小粒往外搬土。它们把巢筑在墙基里，大蝼蚁在墙里死去，小蝼蚁又在墙里出生。这个过程没有谁能全部经历，它太漫长，大概要一千八百年，墙根就彻底毁了。曾经从土里站起来，高出大地的这些土，终归又倒塌到泥土里。

但要完全抹平这片土房子的痕迹，几乎是不可能的。

不管多大的风，刮平一道田埂也得一百年工夫。人用旧扔掉的一只瓷碗，在土中埋三千年仍纹丝不变。而一根扎入土地的钢筋，带给土地的将是永久的刺痛。几乎没有什么东西能够消磨掉它。

除了时间。

时间本身也不是无限的。

所谓永恒，就是消磨一件事物的时间完了，这件事物还在。

时间再没有时间。

后父

我们家住的地方有一条金沟河，民国时"日产斗金"。现在已少有人淘金了，上游河岸千疮百孔，到处是淘金人留下的无底金洞。金子淘完了，河重新变成河。我们住在下游，用淘洗过金子的河水浇地，也能在河边的淤沙中看见闪闪发亮的金屑。这一带的老户人家，对金子从不稀罕，谁家没有过成疙瘩的黄金。我们家就有过一褡裢金子，那是多少我都不敢说出来。听我后父讲，他父亲在那时，也去上游的山里淘金。是在麦收后，地里没啥活儿了，赶上马车，一人拿一把小鬃毛刷子，在河边的石头缝里扫金子。全是颗粒金，几十天就弄半袋子。

我们家那一褡裢金子，后来不知去向。后父只是说整光了。咋整光的？就不说了。有几年他说自己藏的有金子呢，有几年又说没有了。我们就在他的金子谎话里，过了一年又一年。到现在，家里再没有人会相信他藏的有金子。

但我们家确实有过一褡裢金子。我后父也确实是一个有过金子的人，他说起金子来，一脸的自足和不在乎。

我们家邻居也有过一褡裢金子。那家的王老爷子，却从来不提金子的事。我后父说，他们家的金子，在解放前三区革命逃战乱时，过玛纳斯河，家里的马不够用，把一褡裢金子交给本村的一个骑马人。过河后就失散了。

多少年后，王老爷子竟然找到了那个人，他就住在河对面的玛纳斯县，那个人也承认帮助驮过一褡裢金子，但过河后为了逃命，就把金子扔了。

"命要紧，哪能顾上金子。"那个人说。

王老爷子开始不信，后来偷偷打探了几年，这家人穷得勾子上揽毡，根本不像有金子的人家。后来就不追要了。王老爷子也再不提金子的事了。

那我们家的金子呢？后父闭口不说。早先我们住在他的旧房子，他有时给我母亲说金子的事。我们隐约觉得他藏的有金子。他是这里的老户，老新疆人，家底子厚。啥叫家底子，就是墙根子底下埋的有金子。听说村里的老户人家，都藏的有金子。但从来不说自己有。成疙瘩的金子埋在破房子底下，自己过穷日子，装得跟没钱人似的。我母亲也半信半疑地觉得我后父有金子。他不拿出来，可能是留了一手。

我们家搬出太平渠村那天，有用的东西都装上拖拉机，几只羊也装上了拖拉机。我母亲想，这下后父该把金子挖出来了吧。

我们要搬到元兴宫去生活，后父的旧院子也便宜卖给了村里的光棍冯四，他不会把金子留给别人吧。可是，后父只是磨磨蹭蹭在他的旧院子转了几圈，捡了几根烂木棒扔到车上。然后，自己也上到车上。

这地方的有钱人，有过好多金子的人家，突然全变成了穷人。留下的全是有关金子的故事，不知道金子去了哪里。

二十世纪七八十年代，经常有人到我们这地方来挖金子。有一年大地主张寿山的孙子带一帮人，在他们家的老庄子上挖了三个月，留下一个大坑。另一年中地主方家的后人又在自家的老房子下挖了一个大坑。最大的一个坑是小地主唐人田家羊倌的后人挖的。羊倌曾看见唐家的人把一个坛子埋在羊圈下面。坛子由两个人抬，里面肯定是贵重东西。羊倌夜里睡在羊圈棚顶，看得清清楚楚。敌人打来时，唐家人仓皇逃跑，没顾上把东西挖出来。后来也再没有唐家人音信，可能没逃掉，全被杀死了。

那个坑是三台推土机挖的，挖了两年。头一年挖到冬天停工了。第二年开春又挖了一个月。金子真是贵重，一点点东西，就要人挖这么大的坑。听人说，金子在地下会走动。但人又不知道金子会朝哪个方向走动，一年走几步。几十年来可能早已离开老地方，走得很远。也可能会朝下走，越走越深。或朝上走，走到地面，早被人拾走。所以，人在埋金子的羊圈棚下挖不到金子，便会把坑往大往深挖。这个坑一旦开挖了，便不会轻易罢休。因为挖坑要花钱雇人雇车，还要向当地的土地爷交土管费。假如花一万块钱还没找到金子，他就会再投五千块。这跟赌博押宝一样，总不甘心，金子会在下一锨土里，下一铲就会挖出那个装金子的坛子。结果坑越挖越大，直挖到河边，挖到别人家墙根。往往是坑挖得越大，越证明没挖到东西。

在我们村边，那个挖得最深最大的坑，已经被当成水库。我们叫金坑水库。另几个小一点的坑被村民放水养鱼，有叫金鱼塘的，叫金塘子的。这些土坑纷纷被村民承包，合同一定六十年。那些人都鬼得很，借养鱼的钱把坑又往大往深挖，说是整理鱼塘，其实想侥幸找到金子。找不到也不要紧，养着鱼，占着坑。反正有一坛金子在里面呢。这里的老户人，都相信金子没有走远。好多走远的人又回来，守着早已破败的老房底子。从没听说谁挖到或拾到过金子。但埋金子的地方会被人牢牢记住。多少年后谁做梦听到黄金的动静，这地方又会无端地被挖一个大坑。

我后父的旧院子，以后会不会被我们挖成一个大坑呢？

有时候我想，后父可能真的藏有金子呢，他经常回太平渠村去看他的老房子，早年家里有马车时赶着马车去，后来我们家搬到县城，马车卖了，他就坐班车去，说是去要账。那院老房子作价四百五十块钱卖给冯四，只给了两百块，剩下的钱一直要不回来。冯四没钱。一年四季都没钱。他是五保户，不种地，村里救济一点口粮。冯四不可能把口粮卖掉还我们家的钱。后父知道这些，但依旧每年去要。去了跟冯四一起住在老房子里。我们就想，他可能打着要钱的幌子，去看他埋的金子。这么多年，他来来去去地到太平渠，可能已经把金子挖出来，挖出来会藏哪儿呢？可能已经埋到我们现在的房子底下。

也许他没挖出来，那些金子依旧在太平渠的老房子底下。也许后父把它埋进去时就没想过要挖出来，他是留给自己的。留到最后，不知道会以什么样的方式给我们。也许他隐约说那一裤裆金子的时候，就已经把它给了我们。后父现在有八十岁了，因为年龄大了，这几年去太平渠少了，金子的事也说得少了。但经常说村里的老房子，说冯四的钱还没给，说要把老房子收回来。后父这样看重他的老房子，总让我们觉得那个老房底子下真的埋了金子。

将来有一天，我们会不会真的相信了那一裤裆金子的事，兄弟几个，雇一台推土机，轰轰隆隆地进到我们的老院子？

后父的老

我很小的时候，奶奶就已经老了，我们一家养着奶奶的老，给她送终。奶奶去世后，轮到母亲老了，但她不敢老，她要拉扯一堆未成年的孩子。现在我五十多岁，先父、后父都已经不在，剩下母亲，她老成奶奶的样子了，我们养她的老，也在随着母亲一起老。因为有她在，我不敢也没有资格说自己老。老是长辈享有的，我年纪再大，也是儿子。真正到了前面光秃秃的，没了父母，我成了后一辈人的挡风墙，那时候，就可以心安理得地老了。

但老终究是不容易的一件事情。

记得有一年，我陪母亲回甘肃酒泉老家，在村里看望一个叔叔，院门锁着，家里人下地干活儿去了。等到大中午，看见两个老人扛农具走来，远看着一样老，都白了头，一脸皱纹。走近了，经介绍才知道，是叔叔和他的父亲，一个六十多岁，一个八十多岁，活成一对老兄弟，还在一起干农活儿。

我父亲没有和我一起活到老。

我八岁时父亲去世，感觉自己突然成了大人。十二岁时，母亲再嫁，我们有了后父，觉得自己又成了孩子。后父的父母走得早，他的前面光秃秃的，就他一个人，后面也光秃秃的，无儿无女。我们成了他的养儿女，他成了我们的养父。

我十八岁时，有一天，后父把我和大哥叫在一起，郑重地给我们交代一件事。后父说，我已经五十岁的人了，你们两个儿子，该操心给我备一个老房（棺材）了。这个事都是当儿子要做的。说后面的张家，儿子早几年就给父亲备好了老房。

备老房的事，在村里很常见，到一户人家院子，常会看见一口棺材摆在草棚下，没上漆，木头的色，知道是给家里老人备的，或是家里老人让儿子给自己备的。棺材有时装粮食、饲料，或盛放种子，顶板一盖，老鼠进不去。

我们小时候玩捉迷藏，也会藏进老房里，头顶的板一盖，就仿佛到了另一个世界，外面的声音瞬间远了，待到听不见一丝声响时，恐惧便来了，赶紧顶开盖板爬出来。

家里的老人也会躺进去，试试宽窄长短，也会睡一觉醒来。

其实这些老人都不老，五六十岁，六七十岁的样子，因为送走了前面的老人，自己跟着老上了。

老有老样子，留胡须，背手，吃饭坐上席，大声说话。一般来说，男人五六十岁便可装老了，那时候儿女也二三十岁，能在家里挑大梁，干重活儿。装老的目的，一是在家里在村里塑造尊严，让人敬。二是躲清闲，有些重活累活，动动嘴使唤儿女干就可以了。

也是我十八岁那年，后父开始装老，突然腰也疼了，腿也困了，有时候抽烟呛着，故意多咳嗽两声。去年秋天还能背动的一麻袋麦子，今年突然就不背了，让我和大哥背。其实我们两个的劲加起来，也没他大。

我后父打定主意，要盘腿坐在炕上，享一个老人的福了。

可就在这个节骨眼上，我大哥外出开拖拉机，我外出上学，留在家里的三弟、四弟都没成人，指望不上，后父只好忘掉自己已经五十岁的年龄，重活累活都又亲手干了。

后父吩咐我们备的老房，也出于种种原因，一直没有做。其间我们搬了三次家，第一次，从沙漠边的太平渠村搬到天山半坡上的元兴宫村，过了些年又搬到县城边的城郊村，后来又搬进县城住了楼房。想想也幸亏没给后父备老房，若备了，会一次次地带着它搬家，但终究没有一个安放它的地方。

后父活到八十四岁，走了。

距他给我和大哥交代备老房那年，已经过去三十四年。

后父去世时我在乌鲁木齐，晚上十二点，家人打来电话，说后父走了。我们赶紧驱车往回赶，那晚漫天大雪，路上少有车轮，天地之间，雪花飘满。

回到沙湾已是半夜，后父的遗体被安置在殡仪馆，他老人家躺在新买来的老房里，面容祥和，嘴角略带微笑，像是笑着离开的。

听母亲说，半下午的时候，后父把自己的衣物全收拾起来，打了包，说要走了。

母亲问，你走哪儿去，活糊涂了。

后父说要回家，马车都来了，接他的人在路上喊呢。

后父在生产队时赶过马车。在临终前的时光里，他看见来接他的马车，要把他接回到村里。

可是，我们没有让一辆马车把他接回村里。我们把他葬在了县城边的公墓。

但我知道，他的魂，一定被那辆马车接走，回到了故乡。我们在县城的殡仪馆为他操持的这一场葬礼，已经跟他没有关系。公墓里那个写有他名字和生卒日期的墓碑跟他也没有关系。在离县城七十公里的老沙湾太平渠村，他家荒寂多年的祖坟上，他几十年前送走的老母亲的坟墓旁，一定有了一串轻微的脚步声，一个儿子回到了那里。

二〇一八年十二月二十七日

留下这个村庄

　　我没想这样早地回到黄沙梁。应该再晚一些。再晚一些。黄沙梁埋着太多的往事。我不想过早地触动它。一旦我挨近那些房子和地，一旦我的脚踩上那条土路，我一生的回想将从此开始。我会越来越深地陷入以往的年月里，再没有机会扭头看一眼我未来的日子。

　　我来老沙湾只是为了离它稍近一些，能隐约听见它的一点声音，闻到它的一丝气息。我给自己留下这个村庄，今生今世，我都不会轻易地走进它，打扰它。

　　我会克制地，不让自己去踩那条路、推那扇门、开那页窗……在我的感觉中它们安静下来，树停住生长，土路上还是我离开时的那几行脚印，牲畜和人也是那时的样子，走或叫，都无声无息。那扇门永远为我一个人虚掩着，木窗半合，树叶铺满院子，风不再吹刮它们。

我曾在一个秋天的傍晚，站在黄沙梁东边的荒野上，让吹过它的秋风一遍遍吹刮我的身体。我本来可以绕过河湾走进村子，却没这样做。我在荒野上找我熟悉的一棵老榆树。连根都没有了。根挖走后留下的树坑也让风刮平了。我只好站在它站立过的那地方，像一截枯木一样，迎风张望着那个已经光秃秃的村子。

我太熟悉这里的风了。多少年前它这样吹来时，我还是个孩子。多少年后我依旧像一个孩子，怀着初次的、莫名的惊奇、惆怅和欢喜，任由它一遍遍地吹拂。它吹那些秃墙一样吹我长大硬朗的身体。刮乱草垛一样刮我的头发。抖动树叶般抖我浑身的衣服。我感到它要穿透我了。我敞开心，松开每一节骨缝，让穿过村庄的一场风，呼啸着穿过我。那一刻，我就像与它静静相守的另一个村庄。它看不见我。我把它的一草一木、一事一物，把所有它知道不知道的全拿走了，收藏了，它不知觉。它快变成一片一无所有的废墟和影子了，它不理识。

还有一次，我几乎走到这个村庄跟前了。我搭乘认识不久的一个朋友的汽车，到沙梁下的下闸板口村随他看亲戚。一次偶然相遇中，这位朋友听说我是沙湾县（现为沙湾市）人，就问我知不知道下闸板口村，他的老表舅在这个村子里，也是甘肃人，三十年前逃荒进新疆后没了音信，前不久刚联系上。他想去看看。

我说我熟悉那个地方，正好也想去一趟，可以随他同去。

我没告诉这个朋友我是黄沙梁人。一开始他便误认为我在沙湾县城长大。我已不太像一个农民。当车穿过那些荒野和田地，渐渐地接近黄沙梁时，早年的生活情景像泉水一般涌上心头。有几次，我险些就要忍不住说出来了，又觉得不应该把这么大的隐秘告诉一个才认识不久的人。

故乡是一个人的羞涩处，也是一个人最大的隐秘。我把故乡隐藏在身后，单枪匹马去闯荡生活。我在世界的任何一个地方走动、居住和生活，那不是我的，我不会留下脚印。

我是在黄沙梁长大的树木，不管我的权伸到哪里，枝条蔓过篱笆和墙，在别处开了花、结了果，我的根还在黄沙梁。

他们整不死我，也无法改变我。

他们可以修理我的枝条，砍折我的丫权，但无法整治我的根。他们的刀斧伸不到黄沙梁。

我和你相处再久，交情再深，只要你没去过（不知道）我的故乡，在内心深处我们便是陌路人。

汽车在不停的颠簸中驶过冒着热气的早春田野，到达下闸板口村已是半下午。这是离黄沙梁最近的一个村子，相距三四里路。我担心这个村里的人会认出我。他们每个人我看着都熟悉，像那条大路那片旧房子一样熟悉。虽然叫不上名字。那时我几乎天天穿过这个村子到十里外的上闸板口村上学，村里的狗都认下我们，不拦路追咬了。

我没跟那个朋友进他老表舅家。我在马路上下了车。已经没人认得我。我从村中间穿过时，碰上好几个熟人，他们看一眼我，原低头走路或干活儿。蹿出一条白狗，险些咬住我的腿。我一蹲身，它后退了几步。再扑咬时被一个老人叫住。

"好着呢嘛，老人家。"我说。

我认识这个老人。我那时经常从他家门口过。这是一大户人家，院子很大，里面时常有许多人。每次路过院门我都朝里望一眼。有时他们也朝外看一眼。

老人家没有理我的问候。他望了一眼我，低头摸着白狗的脖子。

"黄沙梁还有哪些人？"我又问。

"不知道。"他没抬头，像对着狗耳朵在说。

"王占还在不在？"

"在呢。去年冬天见他穿个皮袄从门口过去。不过也老掉了。"他仍没抬头。

我又问了黄沙梁的一些事情，他都不知道。

那村子经常没人。他说，尤其农忙时一连几个月听不到一点人声，也不知道在忙啥。

我走出村子，站在村后的沙梁上，久久久久地看着近在眼底的黄沙梁村。它像一堆破旧东西扔在荒野里。正是黄昏，四野里零星的人和牲畜，缓缓地朝村庄移动。到收工回家的时候了。烟尘稀淡地散在村庄上空。人说话的声音、狗叫声、开门的声音、铁锨锄头碰击的声音……听上去远远的，像远在多少年前。

我莫名地流着泪。什么时候，这个村庄的喧闹中，能再加进我的一两句声音，加在那声牛哞的后面，那个敲门声前面，或者那个母亲叫唤孩子的声音中间……

我突然那么渴望听见自己的声音，哪怕极微小的一声。

我知道它早已经不在那里。

柴火

我们搬离黄沙梁时，那垛烧剩下一半的梭梭柴，也几乎一根不留地装上车，拉到了元兴宫村。元兴宫离煤矿近，取暖做饭都烧煤，那些柴火因此留下来。后来往县城搬家时，又全拉了来，跟几根废铁、两个破车轱辘，还有一些没用的歪扭木头一起，乱扔在院墙根。不像在黄沙梁时，柴火一根根码得整整齐齐，像一堵墙一样，谁抽走一根都能看出来。

柴垛是家力的象征。有一大垛柴火的人家，必定有一头壮牲口、一辆好车、一把快镢头、一根又粗又长的刹车绳。当然，还有几个能干的人，这些好东西凑巧对在一起了就能成大事、出大景象。

可是，这些好东西又很难全对在一起。有的人家有一头壮牛，车却破破烂烂，经常坏在远路上，满车的东西扔掉，让牛拉着空车逛荡回来。有的人家正好相反，置了辆新车，能装几千斤东西，牛却体弱得不行，拉半车干柴都打摆子。还有的人家，车、马都配地道了，镬头也磨利索，刹车绳也是新的，人却不行了——死了，或者老得干不动活儿。家里失去主劳力，车、马、家具闲置在院子，等儿子长大、女儿出嫁，一等就是多少年，这期间车马家具已旧的旧、老的老，生活又这样开始了，长大长壮实的儿女们，跟老马破车对在一起。

一般的人家要置办一辆车得好些年的积蓄。往往买了车就没钱买马了，又得积蓄好些年。我们到这个家时，后父的牛、车还算齐备，只是牛稍老了些。柴垛虽然不高，柴火底子却很厚大排场。不像一般人家的柴火，小小气气的一堆，都不敢叫柴垛。先是后父带我们进沙漠拉柴，接着大哥单独赶车进沙漠拉柴，接着是我、三弟，等到四弟能单独进沙漠拉柴时，我们已另买了头黑母牛，车轱辘也换成新的，柴垛更是没有哪家可比，全是梭梭柴，大棵的，码得跟房一样高，劈一根柴就能烧半天。

现在，我们再不会烧这些柴火了，把它当没用的东西乱扔在院子，却又舍不得送人或扔掉。我们想，或许哪一天没有煤了，没有暖气了，还要靠它烧饭、取暖。只是到了那时我们已不懂得怎样烧它。劈柴的那把斧头几经搬家已扔得不见，家里已没有可以烧柴火的炉子。即便这样我们也没扔掉那些柴火，再搬一次家还会带上。它是家的一部分。那个墙根就应该码着柴火，那个院角垛着草，中间停着车，柱子上拴着牛和驴。在我们心中一个完整的家院就应该是这样的。许多个冬天，那些柴火埋在深雪里，尽管从没人去动，但我们知道那堆雪中埋着柴火，我们在心里需要它，它让我们放心地度过一个个寒冬。

那堆梭梭柴就这样在院墙根待了二十年，没有谁去管过它。有一年扩菜地，往墙角移过一次，比以前轻多了，扔过去便断成几截子，颜色也由原来的铁青变成灰黑。另一年一棵葫芦秧爬到柴堆上，肥大的叶子几乎把柴火全遮盖住，那该是它最凉爽的一个夏季了。秋天我们为摘一棵大葫芦走到这个墙角，葫芦卡在横七竖八的柴堆中，搬移柴火时我又一次感觉到它们腐朽的程度，除此之外似乎再没有人动过。在那个墙角里它们独自过了许多年，静悄悄地把自己燃烧掉了。

最后，它变成一堆灰时，我可以说，我们没有烧它，它自己变成这样的。我们一直看着它变成了这样，从第一滴雨落到它们身上、第一层青皮在风中开裂我们看见了。它根部的茬头朽掉，像土一样脱落在地时我们看见了。深处的木质开始发黑时我们看见了，全都看见了。

当我成一具尸时，你们一样可以坦然地说，我们没有整这个人，没有折磨他，他自己死掉的，跟我们没一点关系。

那堵墙说，我们只为他挡风御寒，从没堵他的路。前墙有门，后墙有窗户。

那个坑说，我没陷害他，每次他都绕过去。只有一次，他不想绕了，栽了进去。

风说，他的背不是我刮弯的。他的脸不是我吹旧的。眼睛不是我吹瞎的。

雨说我只淋湿他的头发和衣服，他的心是干燥的，雨下不到他心里。

狗说我只咬烂过他的腿，早长好了。

土说，我们埋不住这个人，梦中他飞得比所有尘土都高。

可是，我不会说。

它们说完就全结束了。在世间能够说出的只有这么多。没谁听见一个死掉的人怎么说。

我一样没听见一堆成灰的梭梭柴，最后说了什么。

树会记住许多事

如果我们忘了在这地方生活了多少年，只要锯开一棵树，院墙角上或房后面那几棵都行，数数上面的圈就大致清楚了。

树会记住许多事。

其他东西也记事，却不可靠。譬如路，会丢掉人的脚印，会分岔，把人引向歧途。人本身又会遗忘许多人和事。当人真的遗忘了那些人和事，人能去问谁呢。

问风。

风从不记得那年秋天顺风走远的那个人。也不会在意它刮到天上飘远的一块红头巾，最后落到哪里。风在哪儿停住哪儿就会落下一堆东西。我们丢掉找不见的东西，大都让风挪移了位置。有些多年后被另一场相反的风刮回来，面目全非躺在墙根，像做了一场梦。有些在昏天暗地的大风中飘过村子，越走越远，再也回不到村里。

树从不胡乱走动。几十年、上百年前的那棵榆树，还在老地方站着。我们走了又回来。担心墙会倒塌、房顶被风掀翻卷走、人和牲畜四散迷失，我们把家安在大树底下，房前屋后栽许多树让它们快快长大。

树是一场朝天刮的风。刮得慢极了。能看见那些枝叶挨挨挤挤向天上涌，都踏出了路，走出了各种声音。在人的一辈子里，能看见一场风刮到头，停住。像一辆奔跑的马车，甩掉轮子，车体散架，货物坠落一地，最后马扑倒在尘土里，伸长脖子喘几口粗气，然后死去。谁也看不见马车夫在哪里。

风刮到头是一场风的空。

树在天地间丢了东西。

哥，你到地下去找，我向天上找。

树的根和干朝相反方向走了，它们分手的地方坐着我们一家人。父亲背靠树干，母亲坐在小板凳上，儿女们蹲在地上或木头上。刚吃过饭。还要喝一碗水。水喝完还要再坐一阵。院门半开着，看见路上过来过去几个人、几头牛。也不知树根在地下找到什么。我们天天往树上看，似乎看见那些忙碌的枝枝叶叶没找见什么。

找到了它就会喊，把走远的树根喊回来。

父亲，你到土里去找，我们在地上找。

我们家要是一棵树，先父下葬时我就可以说这句话了。我们也会像一棵树一样，伸出所有的枝枝叶叶去找，伸到空中一把一把抓那些多得没人要的阳光和雨，捉那些闲得打盹的云，还有鸟叫和虫鸣，抓回来再一把一把扔掉。不是我要找的，不是的。

我们找到天空就喊你，父亲。找到一滴水一束阳光就叫你，父亲。我们要找什么。

多少年之后我才知道，我们真正要找的，再也找不回来的，是此时此刻的全部生活。它消失了，又正在被遗忘。

那根躺在墙根的干木头是否已将它昔年的繁枝茂叶全部遗忘。我走了，我会记起一生中更加细微的生活情景，我会找到早年落到地上没看见的一根针，记起早年贪玩没留意的半句话、一个眼神。当我回过头去，我对生存便有了更加细微的热爱与耐心。

如果我忘了些什么，匆忙中疏忽了曾经落在头顶的一滴雨、掠过耳畔的一缕风，院子里那棵老榆树就会提醒我。有一棵大榆树靠在背上（就像父亲那时靠着它一样），天地间还有哪些事情想不清楚呢。

我八岁那年，母亲随手挂在树枝上的一个筐，已经随树长得够不着。我十一岁那年秋天，父亲从地里捡回一捆麦子，放在地上怕鸡叨吃，就顺手夹在树杈上，这个树杈也已将那捆麦子举过房顶，举到了半空中。这期间我们似乎远离了生活，再没顾上拿下那个筐，取下那捆麦子。它一年一年缓缓升向天空的时候，我们似乎从没看见。

现在那捆原本金黄的麦子已经发灰，麦穗早被鸟啄空。那个筐里或许盛着半筐干红辣皮、几个苞谷棒子，筐沿满是斑白鸟粪，估计里面早已空空的了。

我们竟然有过这样富裕漫长的年月，让一棵树举着沉甸甸的一捆麦子和半筐干红辣皮，一直举过房顶，举到半空喂鸟吃。

"我们早就富裕得把好东西往天上扔了。"

许多年后的一个早春。午后，树还没长出叶子。我们一家人坐在树下喝苞谷糊糊。白面在一个月前就吃完了。苞谷面也余下不多，下午饭只能喝点糊糊。喝完了碗还端着，要愣愣地坐好一会儿，似乎饭没吃完，还应该再吃点什么，却什么都没有了。一家人像在想着什么，又像啥都不想，脑子空空地呆坐着。

大哥仰着头，说了一句话。

我们全仰起头，这才看见夹在树杈上的一捆麦子和挂在树枝上的那个筐。

如果树也忘了那些事，它便早早地变成了一根干木头。

"回来吧，别找了，啥都没有。"

树根在地下喊那些枝和叶子。它们听见了，就往回走。先是叶子，一年一年地往回赶，叶子全走光了，枝杈便枯站在那里，像一截没人走的路。枝杈也站不了多久。人不会让一棵死树长时间站在那里。它早站累了，把它放倒，可它已经躺不平，身躯弯扭得只适合立在空气中。我们怕它滚动，一头垫半截土块，中间也用土块堰住。等过段时间，消闲了再把树根挖出来，和躯干放在一起，如果它们有话要说，日子长着呢。一根木头随便往哪儿一扔就是几十年光景。这期间我们会看见木头张开许多口子，离近了能听见木头开口的声音。木头开一次口，说一句话。等到全身开满口子，木头就没话可说了。我们过去踢一脚，敲两下，声音空空的。根也好，干也罢，里面都没啥东西了。即便无话可说，也得面对面待着。一个榆木疙瘩，一截歪扭树干，除非修整院子时会动一动。也许还会绕过去。谁会管它呢。在它身下是厚厚的这个秋天、很多个秋天的叶子。在它旁边是我们一家人、牲畜。或许已经是另一户人。

一脚踏空的大坑

　　村里剩下我一个老人。先我老掉那一茬人，走着走着不见了，前面再没人了。这时我听见最后面那些小孩子中，有叫王五的，有喊冯七、张三的，他们又回到童年，还是一块玩老的那一群，又重新开始了。

　　村子又回到多少年来的老样子。我从六十岁往七十岁走的时候，他们正从三十岁往四十岁走。当时我走过这个年岁时，他们都没长大，我掌管着村子，做梦一样做了许多美滋滋的好事情。我的脚印还留在那里，我撒尿结的碱壳子还留在芨芨草和红柳墩下面。我没走远的身影还在他们的视野。他们从不担心在荒野上迷向，而害怕在时间中找不到路，活着活着到了别处。我要是使坏，把他们往时间岔路上领，乘夜晚睡糊涂时，把他们领回到过去，或带到一个他们不认识的年月，他们也没办法。我的前面再没人了，往哪儿走不往哪儿走，我说了算。停下不走也是我说了算。有一年我不想动弹了，死活不往下一年走，他们也得受着，把吃过的粮食再吃一遍，种过的地再种一遍。他们可以掌管村庄，让地上长粮食、女人怀孕。但我掌管时光。我是村里最老的人，往时光深处走的路密布在我的额头和眼角。

我不能走得太快。我不知道自己的寿数，往前走到某个年月突然就没有我了。我可不能让他们走到一个没有我的年月。要是我不在了，年月还叫年月吗。

多少年后，我从村庄走失，所有的人停下来。年轻人、跟在我后面老掉的那一群人，全停下来，不知道往哪儿走。我走着走着一脚踏空。谁也看不清前面路上让人一脚踏空的大坑。这个大坑，就像那片耗掉过几茬牛劲的泥沼泽，现在它干涸了，还是有人和牲口走着走着一头栽进去。

他们跟着我，以为我能绕过去。我确实一次次绕过去，可是，这个坑越来越大，我看不见它的边时，就不想再绕了。我一脚踏空——可能进去了才知道，那是一道家门。但他们不知道。

那一刻他们全停住。我离开后时光再没有往前移，连庄稼的生长都停止了。鸟一动不动贴在天上。人和天地间的万物，在这一刻又陷入迷糊，我们跟着时间走是不是一个天大的错误。就在多少年前，人们在虚土庄落脚未稳的一个夜晚，全村人聚在那个大牛圈棚里，商议的就是这件事：我们跟时光走，还是不跟时光走。可能有些人，并没像我们一样日出而作，日落而息，我们在时光中顺流而下时，他们也许横渡了时光之河，在那边的高岸上歇息呢。也许顺着一条时光的支流，到达我们不清楚的另一片天地。谁知道呢，我一脚踏空的瞬间看见他们全停住了。往回落的尘土也停住。狗叫声也在半空停住。

这时，他们听见我远远的喊声，全回过头，看见我孤单一人站在童年。

辑二

狗能看见人做的梦

狗这一辈子

　　一条狗能活到老，真是件不容易的事。太厉害不行，太懦弱不行，不解人意、善解人意了均不行。总之，稍一马虎便会被人剥了皮炖了肉。狗本是看家守院的，更多时候却连自己都看守不住。

　　活到一把子年纪，狗命便相对安全了，倒不是狗活出了什么经验。尽管一条老狗的见识，肯定会让一个走遍天下的人吃惊。狗却不会像人，年轻时咬出点名气，老了便可坐享其成。狗一老，再无人谋它脱毛的皮，更无人敢问津它多病的肉体。这时的狗很像一位历经沧桑的老人，世界已拿它没有办法，只好撒手，交给时间和命。

　　一条熬出来的狗，熬到拴它的铁链朽了，不挣而断。养它的主人也入暮年，明知这条狗再走不到哪里，就随它去吧。狗摇摇晃晃走出院门，四下里望望，是不是以前的村庄已看不清楚。狗在早年捡到过一根干骨头的沙沟梁转转，在早年恋过一条母狗的乱草滩转转，遇到早年咬过的人，远远避开，一副内疚的样子。其实人早好了伤疤忘了疼。有头脑的人大都不跟狗计较，有句俗话：狗咬了你，你还去咬狗吗？与狗相咬，除了啃一嘴狗毛你又能占到啥便宜。被狗咬过的人，大都把仇记恨在主人身上，而主人又一股脑把责任全推到狗身上。一条狗随时都必须准备承受一切。

在乡下，家家门口拴一条狗，目的很明确：把门。人的门被狗把持，仿佛狗的家。来人并非找狗，却要先与狗较量一阵。等到终于见了主人，来时的心境已落了大半，想好的话语也吓忘掉大半。狗的影子始终在眼前窜悠，答问间时闻狗吠，令来人惊魂不定。主人则可从容不迫，坐察其来意。这叫未与人来先与狗往。

有经验的主人听到狗叫，先不忙着出来，开个门缝往外瞧瞧。若是不想见的人，比如来借钱的、讨债的、寻仇的……便装个没听见。狗自然咬得更起劲。来人朝院子里喊两声，自愧不如狗的嗓门大，也就不喊了。狠狠踢一脚院门，骂声"狗日的"，走了。

若是非见不可的贵人，主人一趟子跑出来，打开狗，骂一句"瞎了狗眼了"，狗自会没趣地躲开，稍慢一步又会挨棒子。狗挨打挨骂是常有的事，一条狗若因主人错怪便赌气不咬人，睁一眼闭一眼，那它的狗命也就不长了。

一条称职的好狗，不得与其他任何一个外人混熟。在它的狗眼里，除主人之外的任何面孔都必须是陌生的、危险的。更不得与邻居家的狗相往来。需要交配时，两家狗主人自会商量好了，公母牵到一起，主人在一旁监督着。事情完了就完了。万不可藕断丝连，弄出感情，那样狗主人会妒忌。人养了狗，狗就必须把所有爱和忠诚奉献给人，而不应该给另一条狗。

狗这一辈子像梦一样飘忽，没人知道狗是带着什么使命来到人世。

人一睡着，村庄便成了狗的世界，喧嚣一天的人再无话可说。土地和人都乏了。此时狗语大作，狗的声音在夜空飘来荡去，将远远近近的村庄连在一起。那是人之外的另一种声音，飘远、神秘。莽原之上，明月之下，人们熟睡的躯体是听者，土墙和土墙的影子是听者，路是听者。年代久远的狗吠融入空气中，已经成寂静的一部分。

在这众狗狺狺的夜晚，肯定有一条老狗，默不作声。它是黑夜的一部分。它在一个村庄转悠到老，是村庄的一部分。它再无人可咬，因而也是人的一部分。这是条终于可以冥然入睡的狗，在人们久不再去的僻远路途，废弃多年的荒宅旧院，这条狗来回地走动，眼中满是人们多年前的陈事旧影。

共同的家

　　为一窝老鼠我们先后养过四五只猫，全是早先一只黑母猫的后代。在我的印象中，猫和老鼠早就订好了协议。自从养了猫，许多年间我们家老鼠再没增多，却也始终没彻底消灭，这全是猫故意给老鼠留了生路。老鼠每天夜里牺牲掉两只供猫果腹，猫一吃饱，老鼠便太平了，满屋子闹腾，从猫眼皮底下走过，猫也懒得理识。

　　我们早就识破猫和老鼠的这种勾当。但也没办法，不能惩罚猫。猫打急了会跑掉，三五天不回家，还得人去找。有时在别人家屋里找见，已经不认你了。不像狗，对它再不好也不会跑到别人家去。

　　我们一直由着猫，给它许多年时间，去捉那窝老鼠，很少打过它。我们想，猫会慢慢把这个家当成自己家，把家里的东西当成自己的去守护。我们期望每个家畜都能把这个院子当成家，跟我们一起和和好好往下过日子。虽然，有时我们不得不把喂了两年的一头猪宰掉，把养了三年的一只羊卖掉，那都是没办法的事。

那头黑猪娃刚买来时就对我们家很不满意。母亲把它拴在后墙根，不留神它便在墙根拱一个坑，样子气哼哼的，像要把房子拱倒似的。要是个外人在我们家后墙根挖坑，我们非和他拼命不可。对这个小猪娃，却只有容忍。每次母亲都拿一个指头细的小树条，在小猪鼻梁上打两下，当着它的面把坑填平、踩瓷实。末了举起树条吓唬一句：再拱墙根打死你。

黄母牛刚买来时也常整坏家里的东西。父亲从邱老二家买它时才一岁半。父亲看上了它，它却没看上父亲，不愿到我们家来。拉着一个劲地后退，还甩头，蹄子刨地向父亲示威。好不容易牵回家，拴在槽上，又踢又叫，独自在那里耍脾气。它用角抵歪过院墙，用屁股蹭翻过牛槽。还踢伤一只白母羊，造成流产。父亲并没因此鞭打它。父亲爱惜它那身光亮的没有一丝鞭痕的皮毛。我们也喜欢它的犟劲，给它喂草饮水时逗着它玩。它一发脾气就赶紧躲开。我们有的是时间等。一个月，两个月。一年，两年。我们总会等到一头牛把我们全当成好人，把这个家认成自己家，有多大劲也再不往院墙牛槽上使，爱护家里每一样东西，容忍羊羔在它肚子下钻来钻去，鸡在它蹄子边刨虫子吃，有时飞到脊背上啄食草籽。

牛是家里的大牲畜。我们知道养乖一头牛对这个家有多大意义。家里没人时，遇到威胁其他家畜都会跑到牛跟前。羊躲到牛屁股后面，鸡钻到羊肚子底下。狗会抢先迎上去狂吠猛咬。在狗背后，牛怒瞪双眼，扬着利角，像一堵墙一样立在那里。无论进来的是一条野狗、一匹狼，还是一个不怀好意的陌生人，都无法得逞。

在这个院子里，我们让许多素不相识的动物成了亲密一家。我们也曾期望老鼠把这个家当成自己家，饿了到别人家偷粮食，运到我们家来吃。可是做不到。

几个夏天过去后，这个院子比我们刚来时更像个院子。牛圈旁盖了间新羊圈，羊圈顶上是鸡窝。猪圈在东北角上，全用树根垒起来的，与牛羊圈隔着菜窖和柴垛。是我们故意隔开的。牛羊都嫌弃猪。猪粪太臭，猪又爱往烂泥坑里钻，身子脏兮兮的。牛羊都极爱干净。尽管白天猪哼哼唧唧在牛羊间钻来钻去，也看不出牛和羊怎么嫌弃它，更没见羊和猪打过架，但我们还是把它们分开，一来院子东北角正对着荒地，需要把院墙垒结实。二来我们潜意识中觉得，那个角上应该由谁驻守。猪也许最合适。

经过几个夏天——我记不清经过了几个夏天，无论母亲、大哥、我、弟弟妹妹，还是我们进这个家后买的那些家畜，都已默认和喜欢上这个院子。我们亲手给它添加了许多内容。除了羊圈，房子东边续盖了两间小房子，一间专门煮猪食，一间盛农具和饲料。院墙几乎重修了一遍，我们进来时有好几处篱笆坏了，到处是大大小小的洞，第一年冬天从雪地上的脚印我们知道，有野兔、狐狸，还有不认识的一种动物进了院子。拆掉重盖又拆掉，垒了三次狗窝，一次垒在院子最里面靠菜地的那棵榆树下，嫌狗咬人不方便，离院门太远，它吠叫着跑过院子时惊得鸡四处乱飞。二次移到大门边，紧靠门墩，狗洞对着院门，结果外人都不敢走近敲门，有事站在路上大嗓子喊。三次又往里移了几米。

这些小活儿都是我们兄弟几个干。大些的活儿后父带我们一块干。后父早年曾在村里当过一阵小组长，我听有人来找后父帮忙时，还尊敬地叫他方组长，更多时候大家叫他方老二。

我们跟后父干活儿总要闹许多别扭。那时我们对这个院子的以往一无所知，不知道那些角角落落里曾发生过什么事。"不要动那根木头。"他大声阻止。我们想把这根歪扭的大榆木挪到墙根，腾出地方来栽一行树。"那个地方不能挖土。""别动那个木桩。"我们隐约觉得那些东西上隐藏着许多事。我们太急于把手伸向院子的每一处，想抹掉那些不属于我们的陈年旧事，却无意中翻出了它们，让早已落定的尘埃重又弥漫在院子。我们挪动那些东西时已经挪动了后父的记忆。我们把他的往事搅乱了。他很生气。他一生气便气哼哼地蹲到墙根，边抽烟边斜眼瞪我们。在他的乜视里，我们小心谨慎干完一件又一件事，照着我们的想法和意愿。

牲畜们比我们更早地适应了一切。它们认下了门：朝路开的大门、东边侧门、菜园门、各自的圈门，知道该进哪个不能进哪个。走远了知道回来，懂得从门进进出出，即使院墙上有个豁口也不随便进出。只有野牲口（我们管别人家的牲口叫野牲口）才从院墙豁口跳进来偷草料吃。经过几个夏天（我总是忘掉冬天，把天热的日子都认成夏天），它们都已经知道了院子里哪些东西不能踩，知道小心地绕过筐、盆子、脱在地上没晾干的土块、斜躺的农具，知道了各吃各的草，各进各的圈，而不像刚到一起时那样相互争吵。到了秋天，院子里堆满黄豆、甜菜、苞谷棒子，羊望着咩咩叫，猪望着直哼哼，都不走近，知道那是人的食物，吃一口就要鼻梁上挨条子。也有胆大的牲畜乘人不注意叼一个苞谷棒子，狗马上追咬过去，夺回来原放在粮堆。

一个夜晚我们被狗叫声惊醒，听见有人狠劲顶推院门，门哐哐直响。父亲提马灯出去，我提一根棍跟在后面。对门喊了几声，没人应。父亲打开院门，举灯过去，看见三天前我们卖给沙沟沿张天家的那只黑母羊站在门外，眼角流着泪。

逃跑的马

　　我跟马没有长久贴身的接触，甚至没有骑马从一个村庄到另一个村庄这样简单的经历。顶多是牵一头驴穿过浩浩荡荡的马群，或者坐在牛背上，看骑马人从身边飞驰而过，扬起一片尘土。

　　我没有太要紧的事，不需要快马加鞭去办理。牛和驴的性情刚好适合我——慢悠悠的。那时要紧的事远未来到我的一生里，我也不着急。要去的地方永远不动地待在那里，不会因为我晚到几天或几年而消失。要做的事情早几天晚几天去做都一回事儿，甚至不做也没什么。我还处在人生的闲散时期，许多事情还没迫在眉睫。也许有些活儿我晚到几步被别人干掉了，正好省得我动手。有些东西我迟来一会儿便不属于我了，我也不在乎。许多年之后你再看，骑快马飞奔的人和坐在牛背上慢悠悠赶路的人，一样老态龙钟回到村庄里，他们衰老的速度是一样的。时间才不管谁跑得多快多慢呢。

　　但马的身影一直浮游在我身旁，马蹄声常年在村里村外的土路上踏响，我不能回避它们。甚至天真地想，马跑得那么快，一定先我到达了一些地方。骑马人一定把我今后的去处早早游荡了一遍。因为不骑马，我一生的路上必定印满先行的马蹄印儿，撒满金黄的马粪蛋儿。

直到后来，我徒步追上并超过许多匹马之后，才打消了这种想法——曾经从我身边飞驰而过扬起一片尘土的那些马，最终都没有比我走得更远。在我还继续前行的时候，它们已变成一架架骨头堆在路边。只是骑手跑掉了。在马的骨架旁，除了干枯得像骨头一样的胡杨树干，我没找到骑手的半根骨头。骑手总会想办法埋掉自己，无论深埋黄土还是远埋在草莽和人群中。

在远离村庄的路上，我时常会遇到一堆一堆的马骨。马到底碰到了怎样沉重的事情，使它如此强健的躯体承受不了，如此快捷有力的四蹄逃脱不了。这些高大健壮的生命在我们身边倒下，留下堆堆白骨。我们这些矮小的生命还活着，我们能走多远。

我相信累死一匹马的，不是骑手，不是常年的奔波和劳累，对马的一生来说，这些东西微不足道。

马肯定有它自己的事情。

马来到世上，肯定不仅仅是给人拉车当坐骑。

村里的韩三告诉我，一次他赶着马车去沙门子，给一个亲戚送麦种子。半路上马车陷进泥潭，死活拉不出来，他只好回去找人借牲口帮忙。可是，等他带着人马赶来时，马已经把车拉出来走了，走得没影了。他追到沙门子，那里的人说，晌午看见一辆马车拉着几麻袋东西，穿过村子向西去了。

韩三又朝西追了几十公里，到虚土庄子，村里人说半下午时看见一辆马车绕过村子向北边去了。

韩三说他再没有追下去，他因此断定马是没有目标的东西，它只顾自己往前走，好像它的事比人更重要，竟然可以把人家等着下种的一车麦种拉着漫无边际地走下去。韩三是有生活目标的人，要到哪儿就到哪儿，说干啥就干啥。他不会没完没了地跟着一辆马车追下去。

韩三说完就去忙他的事了。以后很多年间，我都替韩三想着这辆跑掉的马车。它到底跑到哪儿去了。我打问过从每一条远路上走来的人，他们或者摇头，或者说，要真有一辆没人要的马车，他们会赶着回来的，这等便宜事他们不会白白放过。

我想，这匹马已经离开道路，朝它自己的方向走了。我还一直想在路上找到它。

但它不会摆脱车和套具。套具是用马皮做的，皮比骨肉更耐久结实。一匹马不会熬到套具朽去。

而车上的麦种早过了播种期，在一场一场的雨中发芽、霉烂。车轮和辕木也会超过期限，一天天地腐烂。只有马不会停下来。

这是唯一跑掉的一匹马。我们没有追上它，说明它把骨头扔在了我们尚未到达的某个远地。马既然要逃跑，肯定有什么东西在追它。那是我们看不到的、马命中的死敌。马逃不过它。

我想起了另一匹马，拴在一户人家草棚里的一匹马。我看到它时，它已奄奄一息，老得不成样子。显然它不是拴在草棚里老掉的，而是老了以后被人拴在草棚里的。人总是对自己不放心，明知这匹马老了，再走不到哪里，却还把它拴起来，让它在最后的关头束手就擒，放弃跟命运较劲。

我撕了一把草送到马嘴边，马只看了一眼，又把头扭过去。我知道它已经嚼不动这一口草。马的力气穿透多少年，终于变得微弱黯然。曾经驮几百斤东西，跑几十里路不出汗不喘口粗气的一匹马，现在却连一口草都嚼不动。

"一麻袋麦子谁都有背不动的时候。谁都有老掉牙啃不动骨头的时候。"

我想起父亲告诫我的话。

好像也是在说给一匹马。

马老得走不动时，或许才会明白世上的许多事情，才会知道世上许多路该如何去走。马无法把一生的经验传授给另一匹马。马老了之后也许跟人一样，它一辈子没干成什么大事，只犯了许多错误，于是它把自己的错误看得珍贵无比，总希望别的马能从它身上吸取点教训。可是，那些年轻的活蹦乱跳的儿马，从来不懂得恭恭敬敬向一匹老马请教。它们有的是精力和时间去走错路，老马不也是这样走到老的吗？

马和人常常为了同一件事情活一辈子。在长年累月、人马共操劳的活计中，马和人同时衰老了。我时常看到一个老人牵一匹马穿过村庄回到家里。人大概老得已经上不去马，马也老得再驮不动人。人马一前一后，走在下午的昏黄时光里。

在这漫长的一生中，人和马付出了一样沉重的劳动。人使唤马拉车、赶路，马也使唤人给自己饮水、喂草加料、清理圈里的马粪。有时还带着马去找畜医看病，像照管自己的父亲一样热心。堆在人一生中的事情，一样堆在马的一生中。人只知道马帮自己干了一辈子活儿，却不知道人也帮马操劳了一辈子。只是活到最后，人可以把一匹老马的肉吃掉，皮子卖掉。马却不能对人这样。

一个冬天的夜晚，我和村里的几个人，在远离村庄的野地，围坐在一群马身旁，煮一匹老马的骨头。我们喝着酒，不断地添着柴火。我们想，马越老，骨头里就越能熬出东西。更多的马静静站立在四周，用眼睛看着我们。火光映红了一大片夜空。马站在暗处，眼睛闪着蓝光。马一定看清了我们，看清了人。而我们一点都不知道马在想些什么。

马从不对人说一句话。

我们对马的唯一理解方式是：不断地把马肉吃到肚子里，把马奶喝到肚子里，把马皮穿在脚上。久而久之，隐隐就会有一匹马在身体中跑动。有一种异样的激情耸动着人，变得像马一样不安、骚动。而最终，却只能用马肉给我们的体力和激情，干点人的事情，撒点人的野和牢骚。

我们用心理解不了的东西，就这样用胃消化掉了。

但我们确实不懂马啊。

记得那一年在野地，我把干草垛起来，我站在风中，更远的风里一大群马，石头一样静立着，一动不动。它们不看我，马头朝南，齐望着我看不到的一个远处。根本没在意我这个割草人的存在。

我停住手中的活儿，那样长久羡慕地看着它们，身体中突然产生一股前所未有的激情。我想嘶，想奔，想把镰刀扔了，双手落到地上，撒着欢子跑到马群中去，昂起头，看看马眼中的明天和远方。我感到我的喉管里埋着一千匹马的嘶鸣，四肢涌动着一万只马蹄的奔腾。而我，只是低下头，轻轻叹息了一声。

我没养过一匹马，不像村里有些人，自己不养马喜欢偷别人的马骑。晚上乘黑把别人的马拉出来骑上一夜，到远处办完自己的事，天亮前把马原样拴回圈里。第二天主人骑马去奔一件急事，马却死活跑不起来。马不把昨晚的事告诉主人。马知道自己能跑多远的路，不论给谁跑，马把一生的路跑完便不跑了。人把马鞭抽得再响也没用了。

马从来就不属于谁。

别以为一匹马在你胯下奔跑了多少年，这马就是你的。在马眼里，你不过是被它驮运的一件东西。或许马早把你当成了自己的一个器官，高高地安置在马背上，替它看路，拉缰绳，有时下来给它喂草、梳毛、修理蹄子。交配时帮它扶扶马锤子。马全靠感觉、凭天性。人在一旁看得着急，忍不住帮马一把。马正好一用劲，事成了。人在一旁傻傻地替马笑两声。

其实马压根不需要人。人的最大毛病，是爱以自己的习好度量他物。人习惯了自己的，便认定马也需要这样。人只会扫马的兴，多管闲事。

也许，没有骑快马奔一段路，真是件遗憾的事。许多年后，有些东西终于从背后渐渐地追上我。那都是些要命的东西，我年轻时不把它们当回事儿，也不为自己着急。有一天一回头，发现它们已近在咫尺。这时我才明白了以往年月中那些不停奔跑的马，以及骑马奔跑的人。马并不是被人鞭催着在跑，不是。马在自己奔逃。马一生下来便开始了奔逃。人只是在借助马的速度摆脱人命中的厄运。

而人和马奔逃的方向是否真的一致呢？也许人的逃生之路正

是马的奔死之途，也许马生还时人已经死归。

反正，我没骑马奔跑过。我保持着自己的速度。一些年人们一窝蜂朝某个地方飞奔，我远远地落在后面，像是被遗弃。另一些年月人们回过头，朝相反的方向奔跑，我仍旧慢慢悠悠，远远地走在他们前头。我就是这样一个人。我不骑马。

驴脑子里的事情

縻在渠沿上的一头驴，一直盯着我们走到眼前，又走过去，还盯着我们看。它吃饱了草没事，看看天，眯一阵眼睛，再看几眼苞谷地，望望地边上的村子，想着大中午的，主人也不牵它回去歇凉。终于看见两个不认识的人，一男一女，走出村子钻进庄稼地。驴能认出男人女人。有些牲畜分不清男女。大多数人得偏头往驴肚子底下看，才能认出公母。

你知道吗，驴眼睛看人最真实，它不小看人，也不会看大，只斜眼看人。鸡看人分七八截子，一眼一眼地看上去，脑子里才有个全人的影像。而且，鸡没记性，看一眼忘一眼。鸡主要看人手里有没有撒给它的苞谷，它不关心人脖子上面长啥样子。

据说牛眼睛里的人比正常人大得多。所以牛服人，心甘情愿让人使唤。鹅眼睛中人小小的，像一只可以吃掉的虫子。所以鹅不怕人。见了人直扑过去，嘴大张，"鹅鹅"地叫，想把人吞下去。人最怕想法比自己胆大的动物。人惹狗都不敢惹鹅。

老鼠只认识人的脚和鞋子。人的腿上面是啥东西它从来不知道。人睡着时老鼠敢爬到人脸上，往人嘴里钻，却很少敢走近人的鞋子。人常常拿鞋子吓老鼠，睡前把鞋放在头边，一前一后，老鼠以为那里站着一个人，就不敢过来。

你知道那头驴脑子里想啥事情？

走出好远了驴还看着我们。我们回头看它时，它把头转了过去。但我知道它仍在看。它的眼睛长在头两边，只要它转一下眼珠子，就会看见我们一前一后走进苞谷地。

一道窄窄的田埂被人走成了路，从苞谷地中穿过去。刮风时两块苞米地的叶子会碰到一起。这可能是两家人的苞谷，长成两种样子。这我能看出来。左边这块肯定早播种两三天，叶子比右边这片的要老一些。右边这片上的肥料充足，苞谷秆壮，棒子也粗实。一家人勤快些，一家人懒，地里的草在告诉我。

我说，即使我离开两百年回来，我仍会知道这块田野上的事情，它不会长出让我不认识的作物。麦子收割了，苞谷还叶子青青长在地里。红花红到头，该一心一意结它有棱角的种子。它的刺从今天开始越长越尖硬，让贪嘴的鸟儿嘴角流血，歪着身子咽下一粒。还有日日迎着太阳转动的金黄葵花，在一个下午脖子硬了，太阳再喊不动它。

快走出苞谷地了，我一回头望你。你知道我脑子里想啥事情？你一笑，头低下。你的眼神中有我走不出的一片玉米地。我没敢活动的心思也许早让那头毛驴看得清清楚楚。

　　也许那头驴脑子里的事情，是这片大地上最后的秘密。它不会泄露的心思里，秋天的苞谷和从眼前晃过的一男一女，会留下怎样的一个故事。你欢快的笑声肯定在它长毛的长耳朵里，回荡三日。它跟我一样，会牢牢记着你。

人畜共居的村庄

　　有时想想，在黄沙梁做一头驴，也是不错的。只要不年纪轻轻就被人宰掉，拉拉车，吃吃草，亢奋时叫两声，平常的时候就沉默，心怀驴胎，想想眼前嘴前的事儿。只要不懒，一辈子也挨不了几鞭。况且现在机器多了，驴活得比人悠闲，整日在村里村外溜达，调情撒欢。不过，闲得没事对一头驴来说是最最危险的事。好在做了驴就不想这些了，活一日乐一日，这句人话，用在驴身上才再合适不过。

　　做一条小虫呢，在黄沙梁的春花秋草间，无忧无虑把自己短暂快乐的一生蹦跶完。虽然只看见漫长岁月悠悠人世间某一年的光景，却也无憾。许多年头都是一样的，麦子青了黄，黄了青，变化的仅仅是人的心境。

　　做一条狗呢？

　　或者做一棵树，长在村前村后都没关系，只要不开花，不是长得很直，便不会挨斧头。一年一年地活着，叶落归根，一层又一层，最后埋在自己一生的落叶里，死和活都是一番境界。

如此看来，在黄沙梁做一个人，倒是件极普通平凡的事。大不必因为你是人就趾高气扬，是狗就垂头丧气。在黄沙梁，每个人都是名人，每个人都默默无闻。每个牲口也一样。就这么小小的一个村庄，谁还能不认识谁呢。谁和谁多少不发生点关系，人也罢牲口也罢。

你敢说张三家的狗不认识你李四。它只是叫不上你的名字——它的叫声中有一句可能就是叫你的，只是你听不懂。你也从不想去弄懂一头驴子，见面更懒得抬头和它打招呼。可那驴却一直惦记着你，那年它在你家地头吃草，挨过你一锹。好狠毒的一锹，你硬是让这头爱面子的驴死后不能留一张完整的好皮。这么多年它一直在瞅机会给你一蹄子呢。还有路边泥塘中的那两头猪，一上午哼哼唧唧，你敢保证它们不是在议论你们家的事？猪夜夜卧在窗根，你家啥事它们不清楚。

对于黄沙梁，其实你不比一只盘旋其上的鹰看得全面，也不会比一匹老马更熟悉它的路。人和牲畜相处几千年，竟没找到一种共同语言，有朝一日坐下来好好谈谈。想必牲口肯定有许多话要对人说，尤其人之间的是是非非，牲口肯定比人看得清楚。而人，除了要告诉牲口"你必须顺从"外，肯定再不愿与牲口多说半句。

人畜共居在一个小村庄里，人出生时牲口也出世，傍晚人回家牲口也归圈。弯曲的黄土路上，不是人跟着牲口走便是牲口跟着人走。

人踩起的尘土落在牲口身上。

牲口踩起的尘土落在人身上。

家和牲口棚是一样的土房，墙连墙窗挨窗。人忙急了会不小心钻进牲口棚，牲口也会偶尔装糊涂走进人的居室。看上去似亲戚如邻居，却又根本不是那么回事儿，日子久了难免会认成一种动物。

比如你的腰上总有股用不完的牛劲。你走路的架势像头公牛，腿叉得很开，走路一摇三摆。你的嗓音中常出现狗叫鸡鸣。别人叫你"瘦狗"是因为你确实不像瘦马瘦骡子。多少年来你用半匹马的力气和女人生活和爱情。你的女人，是只老鸟了还那样依人。

数年前一个冬天，你觉得有一匹马在某个黑暗角落盯你。你有点怕，它做了一辈子牲口，是不是后悔了，开始揣摸人。那时你的孤独和无助确实被一匹马看见了。周围的人，却总以为你是快乐的，像一只无忧无虑的夏虫，一头乐不知死的驴子、猪……

其实这些活物，都是从人的灵魂里跑出来的。它们没有走远，永远和人待在一起，让人从这些动物身上看清自己。

而人的灵魂中，还有一大群惊世的巨兽被禁锢着，如藏龙如伏虎。它们从未像狗一样咬脱锁链，跑出人的心宅肺院。偶尔跑出来，也会被人当疯狗打了，消灭了。

在人心中活着的，必是些巨蟒大禽。

在人身边活下来的，却只有这群温顺之物了。

人把它们叫牲口，不知道它们把人叫啥。

我的树

村子周围剩下有数的几棵大榆树，孤零零的，一棵远望着一棵，全歪歪扭扭，直爽点的树早都让人砍光了。

走南梁坡的路经过两棵大榆树。以前路是直的，为了能从榆树底下走过，路弯曲了两次，多出几里。但走路的人乐意。夏天人们最爱坐在榆树下乘凉，坐着坐着一歪身睡着。树干上爬满了红蚂蚁，枝叶上吊着黑蜘蛛。树梢上有鸟窝，四五个或七八个，像一只只粗陶大碗朝天举着。有时鸟聒醒人，看见一条蛇爬到树上偷鸟蛋吃，鸟没办法对付，只是乱叫。叫也没用，蛇还是往上爬，把头伸进鸟窝里。鸟其实可以想办法对付，飞到几十米高处，屁股对准蛇头，下一个蛋下来，准能把蛇打昏过去。

有些树枝上拴着红红绿绿的布条和绳头，那是人做的标记。谁拴了这个树枝就是谁的，等它稍长粗些好赖成个材料时便被人砍去。也往往等不到成材便被人砍去。

村里早就规定了这些树不准砍。但没规定树枝也不许砍。也没规定死树不许砍。人想砍哪棵树时总先想办法把树整死。人有许多整树的办法，砍光树枝是其中一种。树被砍得光秃秃时，便没脸面活下去。

树也有许多办法往下活，我见过靠仅剩的一根斜枝缀着星星点点几片绿叶活过夏天的一棵大榆树。根被掏空像只多腿的怪兽立在沙梁上一年一年长出新叶的一棵胡杨树。被风刮倒躺在地上活了许多年的一棵沙枣树。我不知道树为啥要委屈地活着，我知道实在活不下去了，树就会死掉。死掉是树最后的一种活法。

我经常去东边河湾里那棵大榆树下玩，它是我的树，尽管我没用布条和绳头拴它。树的半腰处有一根和地平行的横枝，直直地指着村子。那次我在河湾放牛，爬到树上玩，大中午牛吃饱了卧在树下刍草。我脸贴着树皮，顺着那个横枝望过去，竟端端地望见我们家房顶的烟囱和滚滚涌出的一股子炊烟。

以后我在河湾放牛经常爬在那个枝杈上望。整个晌午我们家烟囱孤零零的，像一截枯树桩。这时家里没人，院门朝外扣着。到了中午烟囱会冒一阵子烟，那时家里人大都回去了，院子里很热闹，鸡和猪吵叫着要食吃，狗也围着人转，眼睛盯着锅和碗。烟熄时家里人开始吃饭。我带着水壶和馍馍，一直到天黑才赶牛回去。

夜里我常看见那棵树，一闭眼它就会出现，样子怪怪地黑站在河湾，一只手臂直端端指着我们家房子——看，就是那户人家，房顶上码着木头的那户人家。它在指给谁看。谁一直在看着我们家，看见什么了。我独自地害怕着。

那根枝杈后来被张耘家砍走了，担在他们家羊圈棚上，大头朝南小头朝北做了椽子。他们砍它时我正在河湾边的胡麻地割草，听见"腾腾"的砍树声，我提着镰刀站在埂子上，看见那棵树下停着牛车，一个人站在车上。看不清树上抡着斧头的那个人。

我想跑过去，却挪不动脚步。像一棵树一样呆立在那里。

我是那棵树（我已经是那棵树），我会看见我朝西的那个枝干，正被砍断，我会疼痛得叫出声，浑身颤动，我会绝望地看着它掉落地上，被人抬上车拉走。

从此我会一年一年地，用树上那个伤心的疤口望着西边的村子。

我会不住地流泪。

我再没有一根伸向西边的树枝。它在多少年里一直端端地指着一户人家的烟囱，那烟囱在夜里端端地指着天上的一颗星星。那屋里的男孩，夜夜梦见自己在村庄上头飘，像羽毛一样，树叶一样。有时他迷失了，飘落在那棵树上，树用朝西的一个枝，指给他看自己家的房顶，看那截黑黑的烟囱。

一片叶子下生活

如果我们要求不高，一片叶子下安置一生的日子。花粉佐餐，露水茶饮，左邻一只叫花姑娘的甲壳虫，右邻两只忙忙碌碌的褐黄蚂蚁。这样的秋天，各种粮食的香味弥漫在空气里，粥一样稠浓的西北风，喝一口便饱了肚子。

我会让你喜欢上这样的日子，生生世世跟我过下去。叶子下怀孕，叶子上产子。我让你一次生一百个孩子。他们三两天长大，到另一片叶子下过自己的生活。我们不计划生育，只计划好用多久时间，让田野上到处是我们的子女。他们天生可爱懂事，我们的孩子，只接受阳光和风的教育，在露水和花粉里领受我们的全部旨意。他们向南飞，向北飞，向东飞，都回到家里。

如果我们要求不高，一小洼水边，一块土下，一个浅浅的牛蹄窝里，都能安排好一生的日子。针尖小的一丝阳光暖热身子，头发细的一丝清风，让我们凉爽半个下午。

我们不要家具，不要床，困了你睡在我身上，我睡在一粒发芽的草籽上，梦中我们被手掌一样的蓓蕾捧起，越举越高，醒来时就到夏天了。扇扇双翅，我要到花花绿绿的田野转一趟。一朵叫紫胭的花上你睡午觉，一朵叫红媚的花儿在头顶撑开凉棚。谁也不惊动你，紫色花粉粘满身子，红色花粉落进梦里。等我转一圈回来，拍拍屁股，宝贝，快起来怀孕生子，东边那片麦茬地里空空荡荡，我们把子孙繁衍到那里。

如果不嫌轻，我们还可以像两股风一样过日子。春天的早晨你从东边那条山谷吹过来，我从南边那片田野刮过去。我们遇到一起合成一股风。是两股紧紧抱在一起的风。

我们吹开花朵不吹起一粒尘土。

吹开尘土，看见埋没多年的事物，跟新的一样。

当更大更猛的风刮过田野，我们在"哗哗"的叶子声里藏起了自己，不跟他们刮往远处。

围绕村子，一根杨树枝上的红布条够你吹动一个下午。一把旧镰刀上的斑驳尘锈够我们拂拭一辈子。生活在哪儿停住，哪儿就有锈迹和累累尘土。我们吹不动更重的东西。石磨盘下的天空草地。压在深厚墙基下的金子银子。还有更沉重的这片村庄田野的百年心事。

也许，吹响一片叶子，摇落一粒草籽，吹醒一只眼睛里的晴朗天空——这些才是我们最想做的。

可是，我还是喜欢一片叶子下的安闲日子，叶子上怀孕，叶子下产子。田野上到处是我们可爱的孩子。

如果我们死了，收回快乐忙碌的四肢，一动不动躺在微风里。说好了，谁也不蹬腿，躺多久也不翻身。

不要把我们的死告诉孩子。死亡仅仅是我们的事。孩子们会一代一代地生活下去。

如果我们不死。只有头顶的叶子黄落，身下的叶子也黄落。落叶铺满秋天的道路。下雪前我们搭乘拉禾秆的牛车回到村子。天渐渐冷了。我们不穿冬衣，长一身毛。你长一身红毛，我长一身黑毛。一红一黑站在雪地。太冷了就到老鼠洞穴、蚂蚁洞穴避寒几日。

不想过冬天也可以，选一个隐蔽处昏然睡去，一直睡到春暖草绿。睁开眼，我会不会已经不认识你，你会不会被西风刮到河那边的田野里。冬眠前我们最好手握手、面对面，紧抱在一起。春天最早的阳光从东边照来，先温暖你的小身子。如果你先醒了，坐起来等我一会儿。太阳照到我的脸上我就醒来，动动身体，睁开眼睛，看见你正一口一口吹我身上的尘土。

又一年春天了。你说。

又一年春天了。我说。

我们在城里的房子是否已被拆除，在城里的车是否已经跑丢了轱辘。城里的朋友，是否全变成老鼠，顺着墙根溜出街市，跑到村庄田野里。

你说，等他们全变成老鼠了，我们再回去。

我改变的事物

　　我年轻力盛的那些年，常常扛一把铁锨，像个无事的人，在村外的野地上闲转。我不喜欢在路上溜达，那个时候每条路都有一个明确去处，而我是个毫无目的的人，不希望路把我带到我不情愿的地方。我喜欢一个人在荒野上转悠，看哪儿不顺眼了，就挖两锨。那片荒野不是谁的，许多草还没有名字，胡乱地长着。我也胡乱地生活着，找不到值得一干的大事。在我年轻力盛的时候，那些很重、很累人的活儿都躲得远远的，不跟我交手。等我老了没力气时又一件接一件来到生活中，欺负一个老掉的人。我想，这就是命运。

　　有时，我会花一晌午工夫，把一个跟我毫无关系的土包铲平，或在一片平地上无辜地挖一个大坑。我只是不想让一把好锨在我肩上白白生锈。一个在岁月中虚度的人，再搭上一把锨、一幢好房子，甚至几头壮牲口，让它们陪你虚晃荡一世，那才叫不道德呢。当然，在我使唤坏好几把铁锹后，也会想到村里老掉的一些人，没见他们干出啥大事便把自己使唤成这副样子，腰也弯了，骨头也散架了。

几年后当我再经过这片荒地，就会发现我劳动过的地上有了些变化，以往长在土包上的杂草下来了，和平地上的草挤在一起，再显不出谁高谁低。而我挖的那个大坑里，深陷着一窝子墨绿。这时我内心的激动别人是无法体会的——我改变了一小片野草的布局和长势。就因为那么几锹，这片荒野的一个部位发生变化了，每个夏天都落到土包上的雨，从此再找不到这个土包。每个冬天也会有一些雪花迟落地一会儿——我挖的这个坑增大了天空和大地间的距离。对于跑过这片荒野的一头驴来说，这点变化算不了什么，它在荒野上随便撒泡尿也会冲出一个不小的坑来。而对于世代生存在这里的一只小虫，这点变化可谓地覆天翻，有些小虫一辈子都走不了几米，在它的领地随便挖走一锹土，它都会永远迷失。

有时我也会钻进谁家的玉米地，蹲上半天再出来。到了秋天就会有一两株玉米，鹤立鸡群般耸在一片平庸的玉米地中。这是我的业绩，我为这户人家增收了几斤玉米。哪天我去这家借东西，碰巧赶上午饭，我会毫不客气地接过女主人端来的一碗粥和半块玉米饼子。

我是个闲不住的人，却永远不会为某一件事去忙碌。村里人说我是个"闲锤子"，他们靠一年年的勤劳改建了家园，添置了农具和衣服。我还是老样子，他们不知道我改变了什么。

一次，我经过沙沟梁，见一棵斜长的胡杨树，有碗口那么粗吧，我想它已经歪着身子活了五六年了。我找了根草绳，拴在邻近的一棵榆树上，费了很大劲把这棵树拉直。干完这件事我就走了。两年后我回来的时候，一眼看见那棵歪斜的胡杨已经长直了，既挺拔又壮实。拉直它的那棵榆树却变歪了。我改变了两棵树的长势，而现在，谁也改变不了它们了。

我把一棵树上的麻雀赶到另一棵树上，把一条渠里的水引进另一条渠。我相信我的每个行为都不同寻常地充满意义。我是一个平常的人，住在这样一个偏僻小村庄里，注定要无所事事地闲逛一辈子。我得给自己找点闲事，有个理由活下去。

我在一头牛屁股上拍了一锨，牛猛蹿几步，落在最后的这头牛一下子到了牛群最前面，碰巧有个买牛的人，这头牛便被选中了。对牛来说，这一锨就是命运。我赶开一头正在交配的黑公羊，让一头急得乱跳的白公羊爬上去，这对我只是个小动作，举手之劳。羊的未来却截然不同了，本该下黑羊羔的那只母羊，因此只能下只白羊羔了。黑公羊肯定会恨我的，我不在乎。恨我的那只羊和感激我的那只羊，都在牧羊人的吆喝里，尘土飞扬地翻过了沙梁。

它们再被吆回来时，已是另一个黄昏了。那时我正站在另一道沙梁上，目送落日呢。没人知道这一天的太阳是我送走的。每天黄昏独自站在沙梁上，向太阳挥手告别的那个人就是我。除了我，谁会做这个事呢。家里来个客人走了，都会有人送到村头。照耀了我们一整天的太阳走了，却没有人送别。他们不干的事就是我的事。我一直看着太阳走远，当它落在地平线上，那红彤彤的半个脸庞依依不舍地看着我时，我知道这个村庄里它只认得我。因为，明天一早，独自站在村东头招手迎接日出的，肯定还是我。

当我五十岁的时候，我会很自豪地目睹因为我而成了现在这个样子的大小事物，在长达一生的时间里，我有意无意地改变了它们，让本来黑的变成白，本来向东的去了西边……而这一切，只有我一个人清楚。

我扔在路旁的那根木头，没有谁知道它挡住了什么。它不规则地横在那里，是一种障碍，一段时光中的堤坝，又像是一截指针，一种命运的暗示。每天都会有一些村民坐在木头上，闲扯一个下午。也有几头牲口拴在木头上，一个晚上去不了别处。因为这根木头，人们坐到了一起，扯着闲话商量着明天、明年的事。因此，第二天就有人扛一架农具上南梁坡了，有人骑一匹快马上胡家海子了……而在这个下午之前，人们都没想好该去干什么。没这根木头生活可能会是另一个样子。坐在一间房子里的板凳上和坐在路边的一根木头上商量出的事肯定是完全不同的两种结果。

多少年后当眼前的一切成为结局，时间改变了我，改变了村里的一切。整个老掉的一代人，坐在黄昏里感叹岁月流逝、沧桑巨变。没人知道有些东西是被我改变的。在时间经过这个小村庄的时候，我帮了时间的忙，让该变的一切都有了变迁。我老的时候，我会说，我是在时光中活老的。

菜籽沟早晨

我要在一山沟的鸡鸣声里，再睡一觉。布谷鸟、雀子、邻家往小河对岸的大声喊叫，都吵不醒。满山坡"喳喳"疯长的红豆草、野油菜、麦苗和葵花吵不醒。山梁呼噜噜长个子。在我傍着她的均匀鼾声里，有一匹马和小半群绵羊，打山边走过，行到半坡拐弯处，一只羊突然回头，对着我半开的窗户，咩咩咩叫，仿佛叫它前年走失的羔子。

我就在那时睁开眼睛，看见我被一只羊叫醒的另一世里，我跟着它翻过了山梁。

鸽子

一只灰白鸽子，站在屋檐上看我们在院子里做饭，大案板上摆满青菜、肉和醒好准备下锅的拉面，它大概看得嘴馋，"咕咕"叫。我抓一把苞谷撒上去，它跳开几步，眼睛依然盯着我们锅里的饭。

我们一家人坐在锅头边的案子上吃饭时，它落下来，小心地朝饭桌旁走来，走两步，偏着头望一阵，又走几步，仿佛它认识我们中的谁，前来打招呼。又仿佛它是我们丢失很久的一个孩子，回家来吃饭了，我们忘了给他摆筷子，忘了给他留位子，忘了做他那份饭。

突然地，我们全停住筷子，看着它一步一步走过来，快到跟前时它停下来，依然偏着头望，像一个一个认它久别的家人。

我妈说，给它撒点米饭，鸽子爱吃米。

方圆起身拿米饭时，它飞走了。

它朝屋后的麦田飞去时，连头都没回一下。仿佛它真的跟我们没有一点关系。

我做梦的气味被一只狗闻见

我妈去英格堡赶集，见有铃铛卖，老式黄铜的，顺手摇一下，有她早年听熟的声音，就买两个，在黄狗太阳和黑狗月亮脖子上各拴一个。月亮的没几天丢了，它不喜欢这个乱响的东西，自己甩掉了。我妈拾回来再给它戴上，第二天，它又脱掉。它当我妈的面，把一个前爪蹬住脖圈，头往后缩，脖圈就掉了。然后，它衔起带铃铛的脖圈，一路响着跑到屋后面，在我妈看不到听不见的地方转了好一阵，无声地跑回来。它把那个讨厌的铃铛藏掉了。

太阳的铃铛一直戴着。它喜欢那个声音。它个头比月亮小，但它觉得自己比月亮多一个声音，它经常晃着头在月亮面前摆弄自己的响声。

它成了一条"叮叮当当"响个不停的狗，跑到哪儿我们都能听见。

夜晚它的叮当声成了院子里最清晰的声音。我们从不知道晚上院子发生了什么，半夜被狗叫醒，侧耳朵听，是月亮在南边大叫，或许进来人了，或许是一只野猫或獾进了院子。有时我开灯照一下，若是外人进入，看见窗户亮，也就跑了，我并不出去看究竟。更多时候我呼呼大睡，不去理会狗在叫什么。一夜，狗吠声传到梦里，我在远处听见狗叫，匆忙往回赶，家里进来生人了，门开着，窗户开着，我惊慌地站在门外不敢进去。

月亮大叫的时候，听见太阳的叮当声跟在后面。太阳很少叫，它知道自己的叫声太小，吓不住入侵者，它让响亮的铃铛声跟在月亮后面助威。它的铃铛声摇遍院子的每个角落。月亮只有自己的汪汪声。有时它在北边杏园叫，那里有一只大白猫，夜夜惦记我们伙房里的肉。有一个夜晚，后窗户没关，大白猫进来，把案板上一块骨头偷走了。月亮闻着那块骨头的味道追咬到后院墙边，白猫越墙跑了。月亮在院墙边狂叫。太阳的铃铛声也追到院墙边。

这个四处漏风的院子交给两条一岁多的小狗看守。月亮看上去个头大，很凶猛。太阳只是条小宠物犬，秋天抱来时浑身精光，担心过不了冬，果然天稍一凉就往屋子里钻。每次我都毫不客气赶它出去，它得习惯这里日渐寒冷的天气，让自己成为能在外面过冬的动物。菜籽沟已经是冰雪世界了，它的毛还没有完全长出来。天亮前那阵子外面最冷，听见它在门口叫，拿头顶门，门缝露出的一丝温暖会被它的身体接住。金子一起来就开门放它进房子，说让它暖暖身体。我坚决反对，我们不能让它依赖屋里的暖和，它要在漫长冬天的寒冷中长出自己的暖。

它的铜铃铛声在冬夜里听起来尤其寒冷，我们抱火炉取暖，它戴着冰冷的铃铛在寒风里来回跑。不跑便会冻死。月亮不怕冻，它是藏獒和牧羊犬的后代，身上有厚厚的绒毛。天冷前给它们俩挨着修了狗窝，里面垫了层麦草。太阳不敢自己在窝里待，放进去就跑出来。它往月亮的窝里凑，一进去就被月亮咬出来。月亮真是条守原则的小母狗，白天跟太阳这只小公狗怎么打闹都可以，晚上就是不让太阳进自己的窝。

后来不知为什么月亮也不在窝里待了，可能狗窝在院墙边，太阴冷。我在门口用纸箱给太阳做了一个小窝，纸箱侧面掏一个洞，上面砖压住，里面和洞口处铺上麦草。太阳晚上住里面，这次月亮随了太阳，卧在洞口的麦草上，那个纸箱做的窝盛不下月亮，它只好给太阳守窝。

经过一个冬天——我们在菜籽沟的第一个冬天——太阳终于从一条宠物犬，变成了狗，它在寒冷的冬天里长出一身细绒毛。接下来的冬天，它将不再寒冷，不会在冬夜里不停地响着铃铛跑。我们也不再寒冷，书院在建锅炉房，到时候每个房间都会暖暖的。

那天太阳把铃铛丢了，它从坡上凶猛地跑下来，像另一条狗。

丢掉铃铛的太阳没有声音了，它一路跑，一路往后看，好像那个叮当响的自己在山坡上没有下来，跑到坡下的又是谁呢。它跑一阵，回头朝坡上汪汪几声。那个刚刚还在叮当响的自己，在山坡草地上转一圈突然不见。往山下跑的是一条没有响声的狗。

月亮也觉出太阳不对劲，对着它咬。好像要把它咬回去，把那个叮当声找回来。

第二天一早，我扫院子，突然听见"叮当"声，太阳嘴里叼着系了绳子的铃铛，从山坡杏园里狂跑下来，一直跑到我身边。

它自己把丢了的铃铛找回来了。

那以后它又成了一只叮当响的狗。

深夜醒来，又听见它的铃铛声绕着房子转。它可能闻见我醒来的味道了，有意要让我听见。在它的嗅觉里，我醒来和睡着的气味或许不一样，做梦时的气味更不一样。

我曾在梦醒时分隐约听见狗吠，看见自己站在屋外的黑暗中，我刚从遥远的梦中回来，未来得及进屋子，而睡在屋里的正在醒来。我闻见我的将从睡梦中醒来的气味，像一间老房子的门沉沉推开，全是过去的旧味道。那个在梦里远走的我，带着一缕不散的旧气息回来，站在窗外，他要在我完全醒来前回到我的睡眠里。或许是他的睡眠。我并不认识梦里那个我，不知道他在下一个梦里会干什么。我没有一只可以醒着伸到梦中的手，去安排黑暗睡眠里的生活。我活了五十年，至少有二十多年，活在不能自已的睡梦中。

　　睡是我生命的另一场醒。

　　我曾在这个黑暗世界一遍遍地醒来。

　　我醒来和睡着的气味，被一只叫太阳的小狗闻见。

等一只老鼠老死

我妈种的甜瓜，熟一个被老鼠掏空一个。去年老鼠还没这么猖獗，甜瓜熟透，我们吃了头一茬，老鼠才下口。可能这地方的老鼠没见过甜瓜，我们让它尝到了甜头。今年老鼠先下口，就没我们吃的了。

"白费劲，都种给老鼠了。"我妈说。

老鼠在层叠的瓜叶下面，一个一个摸瓜，它知道哪个熟了，瓜熟了有香味，皮也变软。我们也是这样判断甜瓜生熟。老鼠早在瓜苗开出黄色小花，结出指头小的瓜娃时，就在旁边的洋芋地里打了洞，等甜瓜长熟。老鼠不吃洋芋，除非饿极了。只有我们甘肃人爱吃洋芋，吃出洋芋的甜。去年给我们盖房子的河南人和四川人都不喜欢吃洋芋，他们爱吃红薯。

甜瓜的甜确实连老鼠都喜欢，它吃香甜的瓜瓤，还嗑瓜子。有时老鼠把一个熟了的甜瓜咬开，只是为了嗑里面的瓜子，把整个瓜糟蹋了。我们没办法跟老鼠商量，瓜熟了我们先吃瓤，瓜子留给它们吃。事实上，我们所吃的西瓜子、甜瓜子，都扔在外面喂老鼠和鸟了。老鼠明知道我们不吃甜瓜子，我们只吃瓜瓤，瓜子迟早丢在地上给它吃，它为啥不等一等，非要跟我们过不去，让我们想方设法灭它呢。

瓜糟践完就轮到葵花、苞米。秋天收葵花时才发现，那片低垂的葵花头几乎没子了，老鼠老早已顺着葵花秆爬上来，一粒一粒偷光了葵花子。我提着镰刀在葵花地里找老鼠漏吃的葵花，一个个地掀开葵花头，下面都是空的，像一张张没表情的脸。

我们种的葵花一人多高，老鼠得爬上爬下，每次嘴里叼一个葵花子，得多久才能把脸盆大的一盘葵花子盗完，又多久才能把一地葵花子盗走。老鼠也许不用爬上爬下，它用牙咬下一颗，头一歪扔下来，下面有老鼠往洞里搬运。老鼠甚至不用下去，沿那些勾肩搭背的阔大叶子，从一棵转移到另一棵，挑拣着把籽粒饱满的葵花头盗空，把没长好的留给我们。

最惨的是玉米，老鼠爬上高高的玉米秆，把每个玉米棒子上头啃一顿。我妈说，老鼠啃过的，我们就不能吃了，只有粉碎了喂鸡。

老鼠赶在入冬之前，把地里能吃的吃了，吃不了的也啃一口糟蹋掉，把能运走的搬进洞。我们收拾老鼠剩下的，洋芋挖了进菜窖，瓜秧割了堆地边，豆角和西红柿架收起来，码整齐，明年再用。不时在地里遇见几只老鼠，又肥又大，想一锨拍死，又想想算了。老鼠在洞里储足了粮食，或许就不进屋里扰我们。冬天院子里寂静，雪地上一行行的老鼠脚印，让人欣喜呢。老鼠在大冬天走亲戚，一窝和另一窝，隔着几道埂子的茫茫白雪，大老鼠领着小的，深一脚浅一脚，走出细如针线的路。

那时节村里人一半进城过冬，一宅宅院子空在沟里。留下的人喂羊养猪，各扫门前雪，时有亲戚上门，吃喝一顿。

还是有一只老鼠进屋了，把我们住的屋子当成家。它在屋顶的夹层里啃保温板，掉下一堆白色颗粒。在书架上蹿上蹿下，偶尔在某一本书上留下咬痕和尿迹。钻进我写废的宣纸堆，弄出一阵纸的声音，和我白天折宣纸时弄出的声音一样。爬上我插干花的陶瓷酒瓶，不小心翻倒花瓶。还"吱吱吱"叫。屋里就我和它，如果它不是叫给我听，便是自言自语了。它应该知道屋里有一个人在听它叫，它满屋子走动，用这些响动告诉我这个屋子是它的吗？

最难忍的是它晚上咬炕头的大木头磨牙，大炕用一根直径半米的大木头做炕沿，木头原是人家老房子拆下的横梁，表皮油黄发亮，似乎那家人百年日子的味道，都渗在木头里。炕面是木板，贴墙顶天立地一架书。书架的圆木也是老房子拆下的料。当初用木板一块块地封住炕面时，我就想到了这个空洞的大炕底下，肯定是老鼠的家了。

老鼠不早不晚，等到我睡下，屋子安静了开始咬木头，"咯吱咯吱"的声音响在枕头底下。它在咬炕沿的老木头磨牙。我咳嗽一声，它不理睬。我用拳头砸几下床板，它停住，头一挨枕头它又开始咬。我在它咬木头磨牙的声音里睡着，有时半夜醒来，听见它在地上走，脚步声轻一下重一下。

我从厨房带两个土豆过来，在炉子里烧一个吃了。第二天，剩下的那个土豆不见了。一个拳头大的土豆，它怎么搬走的，又藏在了哪里。

一次我们离开半个月，它把屋里能吃的都搬走吃了，或藏了起来。客人带来的两包小袋装的鹰嘴豆，它从一个角上咬烂外包装袋，把小袋装鹰嘴豆全搬空。我在炕边的洞口处，看见一堆吃空的小塑料袋。它可能真的饿坏了，我放在书架上作为插花的一大束麦子，全被它掐了穗头。连插在花瓶的一大把干野花都没放过，有籽的花秆都咬断。一篮子苹果吃得一个不剩。留下过年吃的一个大甜瓜，被它从一头咬开一个洞，又从另一端开洞出去。我侧头看它咬穿的甜瓜里面，散扔着瓜子皮，瓜瓤依然新鲜黄亮。本来留着自己吃的甜瓜，让这只老鼠品尝了。

厨师王嫂说，他们家灭老鼠，一是投药，二是放夹牢，三是布电线。

我们院子不投药，有猫有鸡有狗。况且，凡是跟药沾边的我们都不用，村里人打农药、除草剂、上化肥，我们全不用。

夹牢买来一个，铁丝编的方笼子，诱饵挂里面，老鼠触动诱饵，出口会"啪"地关住。当晚在诱饵钩上挂了半个香梨，老鼠爱吃香梨，上次回家留在书房的半箱子梨都让老鼠吃了。结果老鼠果真进了笼子，咬梨吃，触动机关，铁笼子"啪"地关住。我们睡着了没听见笼子关闭的声音。可能没关死，老鼠硬是挤一个缝逃了，把几缕灰色的鼠毛挂在铁丝上。接下来的几天几夜，诱饵依旧是香梨，夜里老鼠依旧在床板下啃木头磨牙，就是再也不进笼子了。

我想菜籽沟的老鼠被各种各样的夹牢灭了几十年，早认下这个东西，知道它的厉害了。为了迷糊老鼠，我把那个黑铁丝笼子拿白纸包住，诱饵放在里面，老鼠记住的也许是那个黑色的方笼子，现在笼子变成白色的，它就不觉得危险。

可是，老鼠不上当。

我把夹牢移到隔壁房子，想这只老鼠没夹住不进笼子了，别的老鼠会进。结果呢，换了几个房子，还在常有老鼠偷出没的鸡圈放了几天，笼子里做诱饵的香梨都干了，没一只老鼠上钩，好像书院所有的老鼠都知道这是夹老鼠的夹牢，都绕着走了。

夹牢没用，五十块钱买来电灭鼠器，一个简易的盒子，我研究半天没敢用。那个电灭鼠器太玄乎，它直接将铁丝接上电源，拉在地面十公分高处，铁丝上吊诱饵，老鼠看到诱饵会立起身去吃，或将前爪搭到铁丝上，只要一挨铁丝，立即电死。

我问王嫂，他们家的电灭鼠器打死的老鼠多吗。

打死好几个，王嫂说，就是操心得很，人不小心挨上也会电死。

我们没有别的办法，只好堵住墙根能看见的所有朝外的洞，不让其他老鼠再进屋。这只自然也跑不出去。我只忍受一只老鼠闹腾。我想，老鼠的寿命也就两三年，这只老鼠有两岁了吧，我会等它老死。去年冬天它啃木头的声音好像更有劲，我们忍过来了。春天正在临近，夜晚屋子里没以前冷了，它啃木头的声音也变得迟钝，随着它进入老年，也许会越来越安静，不去啃木头磨牙，它的牙也许在开春前就会全掉了。它会不会变得老眼昏花，分不清白天黑夜，会不会糊涂得再不躲避人，步履蹒跚在地上走？如果它真的那样，我们怎么办？我是说，如果那只老了的老鼠，真的再不惧怕我们，跑到眼前，我们该如何下手去灭了它。

这真是件麻烦的事情。

在它老死之前，我们和它共居一室的日子，好像仍然没有边。我已经习惯了它咀嚼木头磨牙的声音，习惯了它留下的一屋子老鼠味儿。每次回到书院，金子都先打开所有门窗，把老鼠味道放出去。我甚至在夜里听不见它磨牙的声音了，是它不再磨牙，还是我的耳朵聋了再听不见。要说衰老，或许我熬不过一只老鼠呢。在它咯吱磨牙的夜晚，我的牙齿在松动，我的瞌睡越来越多，我在难以醒来的梦中长出更多皱纹。还有，在我逐渐失聪的耳朵里，这个村庄的声音在悄悄走远，包括一只老鼠的烦人响动。

终于，我们和一只老鼠一起熬到春天，院子里的厚厚积雪已经融化，冬天完全撤走了，把去年的果园、菜地、林间小路都还给我们。金子打开前后门窗，在明媚的阳光里，要把一冬天的阴气和老鼠味道全放出去。

这时，我看见那只和我们折腾了两个冬天少有谋面的大老鼠，摇摇晃晃走出来了。它迟钝地迈着步子，往敞开门的光线里走。

我喊金子，喊方如泉，喊王嫂，喊烧锅炉的老爷子。

大家全围过来，看着一只大灰老鼠，颤巍巍走出门，它显然不是因为害怕而颤抖，它老了。它费劲地翻过门槛，下台阶时摔了一跤，缓慢爬起来，走到春天暖暖的太阳光里。它可是一个冬天都没见到太阳，好像晕了，朝我脚边跌撞过来，我赶紧躲开。我被它的老态吓住了。在我们讨论着要不要打死它的说话声里，它不慌不忙，朝有鸟叫和水声的院墙边走去。它或许记得两年前走进这个院子的路，那里有一个排水洞，通到院墙外的小河沟，翻过河沟，过马路上坡，就是年年人种老鼠收的旱地麦田，那是它过夏天和秋天的最好地方了。

二〇一五年至二〇一七年八月十七日

大白鹅的冬天

冬天

雪地上没有鹅的脚印，以为它在窝里没出来。我提着一壶开水，烫开水盆里的冰，又烫食盆里的苞谷糁子，这是给鹅和猫狗的早餐。

这时听见鹅在前面"鹅鹅"地叫，声音翻过积着厚雪的屋顶落下来。我放下水壶过去，见鹅在松树下没雪的地方站着。雪被茂密的树冠兜住，松枝都压弯了，树冠下落了厚厚一层松针，看上去比别处暖和。

它看着我又叫了两声，嗓门宽阔有力，像在空中打开一扇门。我赶着它去吃食。地上的雪没扫，它好像眼盲了，认不得路，跑到两排松树间的大道上，头顶到院门才知道走错了，又掉转回来。我紧追几步，它扇动翅膀跑起来，一副要飞的样子。我真希望它飞起来，飞得找不见，我们也不用每天操心喂它。它也不会每天受冻。但这冰天雪地的，它能飞到哪里。南飞的天鹅和大雁，早在三个月前就飞走了。那时一行行的雁群飞过书院上空。大白鹅时常仰头朝天上叫，翅膀张开助跑一段想要飞起来。我妈说，白鹅的翅膀该剪了，不然会飞走。

但一直没剪。那时它吃得肥胖，走路都费劲，怎么可能飞走。顶多有飞的愿望吧。如今它已经瘦得只剩下一堆羽毛了。它跑起来，翅膀张开，真像要飞起来的样子。却一头撞到雪堆上，整个身体陷在深雪中，张开的翅膀被雪托住。

我把它抱出来，放地上撵它走，看它的红爪子踩在雪里，整个肚子躺在雪里。我都能感觉到它的脚冷。

到了食盆旁，看见一小堆绿韭菜叶，它使劲啄食起来。那是金子昨天拿过来给鹅的。它卧在雪里吃菜叶，把冻红的脚丫掬在肚子下面。它能暖热自己的脚丫子吗，下面全是冰雪。我给它在地上铺了纸箱板，又铺了松针和树叶，希望它站在上面脚不会太冰。它不领情，固执地卧在纸壳边的冰雪中。

我真担心它过不了冬天。每天一早推开窗户，最想听见的就是大白鹅的叫声。只要它叫一声，我便放心了。它似乎知道我在这时醒来，它在松树下叫，叫声翻过两栋房子的屋顶和积了厚雪的菜地，传到我耳朵。

寄养

这是它跟我们生活的第一个冬天。

去年冬天我们把它寄养在老郭家。四月金子带着我妈从养殖场买了两只小鹅和两只麻鸭，养到八月开始下蛋，大白鹅的蛋又大又白，麻鸭蛋和它的名字一样灰皮麻点。那时它们跟鸡圈在一起。鹅整天扬起脖子，"鹅鹅"地撵鸡，哪只不听话就拿嘴啄鸡毛。它们成了鸡群里的老大。两只麻鸭个头比公鸡小，只能灰溜溜地待着，不和鸡合群，也不跟鹅混。

金子每天去鸡圈好几趟，喂食，添水，收蛋，每次收了鹅蛋鸭蛋，都高兴得跟小孩似的。鸡蛋给厨房，鹅蛋鸭蛋她存起来，排成排摆在篮子里，说要等女儿回来吃。女儿孩子小，刚几个月，说明年回来。结果几个鸭蛋放坏了，鹅蛋放到了下雪前。

天气冷了，我妈回沙湾过冬，我们也回乌鲁木齐住一阵，留下方如泉守院子。养了大半年的鸡鸭鹅就得处理掉。公鸡全宰了（真对不住公鸡），三只母鸡给厨师王嫂家代养。两只鹅和两只鸭子送到村民老郭家代养，说好下的蛋归老郭家，再给两袋子苞谷。到雪消天暖和，给王嫂代养的三只鸡死了两只。喂在老郭家的两只鸭子都死了，鹅死了一只，老郭不好意思，把收的四个鹅蛋和活下的一只鹅一起送了过来。

144

我们送去时雪白丰满的大白鹅，一个冬天瘦成了鸡，毛黑不溜秋，眼神也呆滞。不知道它在老郭家是咋活过来的。老郭家的鸡有暖圈。所谓暖圈，也就是个小房子，夜晚能挡风而已。不过，老郭家的几十只鸡和我们的鸭鹅挤在一起，每只鸡鸭鹅都是一个小暖袋呢。鹅在它们中间，是一个大暖袋吧，它们依靠着互相暖和。但是那两只麻鸭和一只鹅，还是没有熬过冬天。

　　回来的大白鹅很快被我们喂得有了生气，五月来了一位大学生志愿者，给浑身又黑又脏的鹅洗了一次澡，它又变成了大白鹅。那只母鸡也开始下蛋。鸡和鹅，一个冬天没见，可能都不认识。但它们很快又在一个圈里生活了。

　　我们重新清理鸡圈。把去年的一层落叶和杂物扫起来烧掉，算给鸡圈消了毒。金子带我妈到养鸡场，买了十几只半大的公鸡母鸡，大白鹅又成了鸡群里的老大，"鹅鹅"地吆着鸡在圈里转。一个夏天和一个秋天，鸡和鹅下的蛋足够我们每天中午西红柿炒鸡蛋拌拉条子，早餐煮鸡蛋，一人一个。每只鸡下的蛋都不一样，金子能从她每天收的鸡蛋里，知道哪只下了哪只没下。十几只母鸡，到半中午下起蛋来，叫声一阵接一阵。金子说，一只母鸡下十五个蛋就保本了，菜籽沟的土鸡蛋卖到两块钱一个。金子买的母鸡三十块一只。再多下的蛋都是赚的。她这样算账时，忘算了自己每天一早一晚喂鸡的辛苦，忘算了鸡吃掉的几百上千块钱的麦子、苞米，也忘算了我们修鸡圈、清理鸡圈花的力气。不过，鸡也没给我们算它每天早晨按部就班的三遍打鸣。夏天书院办了几期培训班,有小孩、有大人的。大白鹅成了孩子最喜爱的,伸长脖子走在人中间,"鹅鹅"地叫,像老师喊孩子。

春天

转眼又到冬天,圈里养肥的鸡又要宰掉(又对不住鸡了)。鹅再不敢往老郭家送。本来要和鸡一起宰了,后来还是留下来。大冬天鸡窝空空的,看着都冷。鸡到另一个世界避寒去了。鹅留下来,它独自承受着满圈、满院子的寒冷。靠院墙斜立的两块工程板下面,是金子给鸡和鹅做的下蛋窝。现在一个成了鹅过冬的窝,里面铺了厚厚的麦草。另一个被黄狗星星占了。那个两头通风的窝,其实只比露天稍好一些,能挡住西边来的寒风。

年前几天降温,我们又要回城里过年,大白鹅和猫狗托给王嫂家喂养,她老公每天过来烫一盆粗面,大伙一起吃。猫不用担心,能捉到老鼠。狗也不用操心,它们总能弄到吃的,前年冬天我们回到书院,见牧羊犬月亮在松树下守着大半只羊,肯定是从村民家偷来的。去年书院后面住的老张说,他宰了猪,猪头挂在仓房,想着过年吃,结果没有了,顺着雪地上的印子一直追到我们院墙上的水洞,肯定让我们家大狗叼来吃了。金子说,确实看见月亮吃剩下的半个猪头。我们也不养猪,没法赔一个猪头给老张，只能说句对不住了。这些年几条狗给我们惹了多少事情，月亮大前年把村委会烧锅炉的老王咬了一口，老王几年前打过月亮一棒子，记仇了。金子开车拉老王去县医院打了狂犬病疫苗。今年七月小黑和星星在山后的麦茬地咬死了村民的四只羊，让我们赔了六千块钱。现在我们把院墙上狗能钻出去的洞口都堵住，它们再不能出去惹祸，也不能在夜晚爬到坡顶的草垛上对天吠叫了。

回城前我把秋天菜园里掰的苞谷棒子在鹅常去的松树下放了一堆，又在它的窝边放了一些，鹅会自己啄食苞米粒。只要有足够的吃食，它便能抗住寒冷。在城里我还常打开监控视频，看见猫和狗围在食盆旁，看见大白鹅在雪地上踱步。

年后回来，车开到大门口，月亮星星和小黑都在门里面守着，它们能听出我的汽车声音，当车开到公路拐弯处，离书院大门还有上百米的地方，它们就闻声往大门口跑。我下车开门，三条狗亲热地往身上扑，金子把带来的狗食分给每条狗。

大白鹅站在松树下叫，它瘦了一大圈，见了我们张开膀子像要飞过来。两只黄猫不见了，方如泉说猫到别人家混吃的去了，过几天来院子转一趟，可能见我们没回来，就又走了。

我去鹅的窝里看，给它留下的苞谷棒子才吃了一半，地上扔着四个鹅蛋壳，我们离开的二十多天里，它下了四个蛋，可能都自己吃了。金子说，鹅不会吃自己的蛋，肯定是星星和小黑偷吃了。我拿着鹅蛋壳，大声审问小黑，鹅蛋是不是你吃了？又审问星星。两条狗都一脸懵懂，装糊涂。我猜想肯定是星星偷吃的。它住在鹅旁边，可能就是盯上了鹅蛋。鹅下一个它吃掉一个，把空蛋壳留给我们。不过也都没亲眼看见。吃就吃了吧。

早晨我烧一壶开水提过去，鹅已经在食盆旁守着。我用开水烫开水盆里的冰，再把冻硬的饲料烫开。鹅的嘴伸进水里，边喝边拿喙戏水。

它吃好了站在墙根，一只脚抬起，过一会儿又换另一只脚。水泥地太冰冷。我给它铺的纸箱板扔在一边，它还是不知道站上去，可能它的蹼已经冻木了。

回书院的第二天一早，大白鹅踱着步从前面过来看我们。我给它撒了些芹菜叶子，它一个月没见绿菜了，低头啄一口，高兴得头仰起来。

中午金子见鹅卧在窝里，她关好圈门，过一阵听见鹅叫，金子说，鹅下蛋了，让我赶紧去收。我出门看见星星也朝鹅叫的地方望，小黑也朝那里望。看来都在等鹅下蛋。这让我有点不确定是小黑还是星星在偷吃鹅蛋。我指着星星又指着小黑，狠狠地骂道：再偷吃鹅蛋把你们送人，不要你们了。星星知道我在骂它，夹着尾巴躲一边。小黑一脸憨相，我又觉得冤了小黑。

到窝边时，鹅的样子把我逗笑了，它匍在窝里，整个头和脖子贴在草上，一看就知道它在本能地躲藏，不让我看见。我拿专门收蛋的长把木勺拨开它的屁股，它扭转屁股护住蛋。我还是把一只大白蛋舀在木勺里拿了出来。鹅见自己的一个蛋被我收走，眼睛圆圆地瞪着，鹅没有表情，但它肯定有心情。它的心情会跟农人失去一年的收成一样吗。或许它已经习惯自己的蛋被人收走。它回到书院就开始下蛋，已经下了十几个，我们没有留下一个让它孵育出孩子。这样想时竟生出些人的伤心来。鹅会不会伤心呢。

晚上听见鹅在窗外叫，天黑好一阵了，它不去窝里睡觉，在转啥呢。或是它想要给我们说啥呢。我出去查看，外面很黑，院子里没安灯。白鹅站在雪地里，朝我望，它的眼睛泛着星光。也许是自己的光。我过去摸摸它的脖子，它转过身，沿着菜地边我们踩出的雪路一直走到小柴门旁，回头叫了一声，像是给我打招呼。然后回它的圈里去了。

我冻得浑身发抖，回到暖和的屋子里时，想到鹅也回到它两头透风的工程板下的窝里了。它只能把自己的羽毛当暖屋，把裸露的蹼捂在肚子下面，把喙伸进羽毛里。

我又听到鹅叫。它的叫声在半空中打开一扇门。我从二楼窗口看见它在屋后果园觅食，个别处雪已经化开，露出干黄草地，它不时低头啄食，不知吃到嘴里的是什么。中午我扛铁锹到前面的玻璃房墙根疏通积水，屋顶融化的雪水，积在墙根的水槽里，一半是冰，我拿铁锨敲开一个小水槽，让水往下流。每年都要干这个活儿，其实不去干，过几日水槽的冰全化开，也自己疏通了。但还是去干，人等不及季节。

转回到餐厅前见鹅在草莓地觅食，以为它在吃露出的绿色草莓叶子，却不是。它在化了一半的雪下面，找见先露出的细草牙，它啄食草牙时把冰粒也一起吃进嘴里，"咯嘣咯嘣"的响声，像一个孩子在咀嚼糖块。

夏天

被厚雪覆盖了一冬的院落，在一个早晨突然暴露出来，几件我们以为丢了的农具自己跑出来，它们倒在地上，在雪中睡了一个长冬。天暖得很快。金子在集市上买了五只小鹅，丢给大白鹅带。大白鹅显然喜欢小鹅，但小鹅怕大鹅。毕竟不是自己的亲妈。这些小鹅有亲妈吗？可能没有，它们在孵化场破壳而出，从没被大鹅带过，见了只有害怕。

我妈在院子里用纸箱围了一个小圈，喂草喂水。晚上把小鹅装纸箱拿进屋里。除了怕被猫和狗吃了，天上飞的鹞子，也会叼走小鹅。书院这一片至少有七八只鹞子，每日在树梢盘旋，捉鸽子和鸟，经常有鸽子被鹞子吃了，在地上留一摊羽毛。那天我还救下一只鸽子，它被鹞子一翅膀拍打下来，鹞子紧随其后，眼看叼住了，我大喊着跑过去，牧羊犬月亮，还有星星、小黑也叫着跑过去。鹞子一侧身飞走了，受伤的鸽子也扑腾着飞到树上。

新买来的小鹅，要先拿去让月亮、星星和小黑看，给每条狗说这是我们要养的鹅，不是野生的。狗都懂事，见人和鹅亲近，就知道不能咬它，咬了挨打。

第一只小猫带来时给月亮和星星做了介绍，如今猫和狗成了院子里最亲近的朋友。冬天两只小猫和两只大猫，和小黑一起抱团取暖，小黑每晚卧在门口的地毯上，两只小猫钻进小黑怀里，两只大猫卧在小黑背上，小黑一动不动，搂着它们度过寒冷冬夜。一天早晨，金子拉开窗帘，说大白鹅也和小黑挤在一起了。

今年夏天小外孙女知知来到书院，也是先带到几条狗跟前，让它们认识。狗看我们对小知知好，就知道不能对她不好，见小知知过去就远远躲开，生怕不小心碰着小朋友。知知不怕狗和猫，追过去抓。但害怕大鹅，它会追着叼知知。

我们买的五只小鹅活下来三只，如今已经是大鹅了。我妈依旧每天坐着她的电动车牧鹅。它们认下我妈的电动车了，跟着到前面草坪上去吃草，到后面果园去吃草。鹅胆小，只去我妈带它们去过的地方，不敢往远处跑。

那只大白鹅呢，在坡上果园的狗洞里坐窝了。

去年夏天大白鹅坐过一次窝，它占着鸡下蛋的窝，用嘴把自己的羽毛撕下来，垫在窝里。它下了一个蛋，一直捂着。隔天又下了一个。它要把两个蛋孵出小鹅。可是，我们这里的气候凉，小鹅长不大天就冷了，怕过不了冬天。金子把它的蛋收了，它还是坐窝不走。中午金子看见鸭子凑到鹅身边，嘴啄鹅的脖子，在说话。过一会儿，鹅起身走开，鸭子急忙跳到鹅窝里，下了一个小麻蛋。然后鹅便捂着麻鸭的蛋不放。我妈说，鹅和鸡一样的，到了坐窝时节，给个石头蛋都会捂住不放。

金子说，大白鹅去年没抱上小鹅，今年就让它抱一窝吧。我以为她只是说说，我出了趟差回来，没见到大白鹅，问金子，说已经坐窝十二天了，再有十八天小鹅就出来了。金子把果园水塘边的狗窝收拾出来，用我们家的七个鹅蛋，换了村民家的七个蛋。他们家的母鹅有公鹅交配，下的蛋才能孵出小鹅。

我带着小知知趴在门洞看，鹅卧在自己用嘴拢起的一小堆麦草上，眼睛朝外看我们。可能已经忘了我是谁。金子在门口放了一桶水，还满满的。我让知知在鹅窝旁等着，我去菜地薅了一把鹅喜欢吃的野莴笋，扔到它嘴边。它只是叨了两口，又专心孵它的蛋了。我妈说，鹅和鸡一样，孵蛋的时候不吃不喝。

到了小鹅该出壳的那天，金子和厨师去看，只孵出来三只小鹅，其他四只蛋，都坏了。小鹅只是啄开了蛋壳，身子还在里面挣扎，金子把其余的蛋壳剥了，这个事本来是大鹅做的，它会拿嘴啄蛋壳，让小鹅快点出来。

出壳的小鹅放在纸壳里，下面垫了棉布，金子还在棉布下放了一只暖宝宝，上面又盖了一层布。小知知第一次看见小鹅从蛋壳出来，我把毛茸茸的小鹅放她手上，她捧着不敢动，不知道该怎么面对这个小生命。三只小鹅在我书房里过了一夜，第二天，原还给了大鹅。

我妈像放牧那三只鹅一样，照顾大鹅和三只小鹅，白天放出来吃草，晚上吆到鸡房。它们一天一个样子地在长，可能小鹅也感到自己出生得有点晚，秋天已经来了，得抓紧时间吃草，长身体，尽快长出能御寒的羽毛来。到了冬天，它们要跟大鹅一起，光着脚丫子在冰雪中走，靠自己的羽毛度过寒冷长夜。

大雪

大雪下了一天一夜。好多树枝被雪压断。昨天还遍地的青草，一夜间被雪埋没。除了大白鹅，其他的鹅都没经过冬天，不知道它们看见这么大的雪，会不会惊慌。雪下得太突然，树都没落叶子。落了一地的苹果没顾上捡拾。几棵桃树和葡萄藤也没顾上埋住。人和草木都没准备好，冬天就来了。

好在三只小鹅已经长得半大，长出了厚厚的绒毛，和先长大的三只鹅一起放在果园。刚放进去时，那三只大鹅追着小鹅跑，可能是想亲热小鹅，大白鹅跟在后面护。没几天它们便亲热如一家了。

我在三楼的书房时常听见鹅的叫声，它们在果园边的溜草地上练习飞翔。我下楼在木栏杆门外探头看，它们展开翅膀，"鹅鹅"高叫着，朝南跑到篱笆墙边，又折头跑回来。跑前面的是三只新长大的鹅，大白鹅和它的三个孩子跟在后面。大白鹅已经三岁了，早已知道自己飞不起来，但还是展开翅膀跟着做飞的动作。两只小鹅似乎相信自己能飞起来，翅膀举得高高，爪子一下一下离开地。见我在木栏杆门外看，都收住膀子，像是怕我看见它们练习飞翔似的。

我推开栏杆门进去时鹅全围过来，见我两手空空又停下来。

给鹅喂食是金子的事。她每天早上端半盆麦子喂鹅吃。鹅和鸡的食都是金子在村民家买的。下大雪的前一天，金子听说玉米要涨价，叫上厨师柳荣贵去六队买了七麻袋苞米，又开车到乡上工厂粉碎了，码在库房。到冬天没有骨头可啃的狗和猫，都得吃开水烫的苞米糁子。鹅也吃。但鹅似乎更喜欢吃麦子。或许更喜欢吃草。但草突然被雪埋了。给鹅的麦子每天都剩下一些。或是鹅的嘴没办法将盆里的麦粒吃干净。金子天黑前把鹅吃剩的麦子端回来，她说留下全让老鼠偷吃了。果园北边是苜蓿地，西边山梁后面是麦地，我散步时看见好多老鼠新打的洞。地里没吃的了，老鼠开始往人家里跑。我们院子的两只猫都生了小猫，母猫每天出去捉老鼠来喂小猫。即使这样，也阻不住老鼠往院子跑。去年冬天喂鹅的苞谷棒子，喂肥了两只大老鼠，它们钻在柴垛下面，猫捉不住，晚上出来偷我们喂鹅的食。好久再没看见那两只老鼠，可能被猫捉吃了。也可能过了一个冬天、春天和夏天，它们静悄悄地老死了。

说到老，又想起已经三岁的大白鹅，它算是年老了吧。这个冬天尽管有六只鹅陪它一起过，每只鹅都要担受自己的寒冷，肚子下的绒毛只够捂住自己的爪子，怕冻的嘴只能塞进自己的羽毛里。但它们会挤在一起。会有七个嗓门的大叫声，响在阳光明亮的书院上空。至少，它们不会太寂寞。

二〇二一年十二月十二日完稿

麻雀

我斜靠在床头看书，听到屋顶"噼噼啪啪"的声音，接着是一群麻雀的叫声。它们落在屋顶时一点不懂得轻手轻脚，毫不在意屋子里坐着一个想事情的人。

麻雀就像一群怎么也甩不掉的穷亲戚，我到哪儿，它们就在哪儿，在树梢和屋檐上"叽叽喳喳"叫，叫得人心虚，好像欠了它们多少东西。

它们眼睛盯着院子里晾晒的粮食，盯着锅里做的饭，盯着我们碗里吃的饭。有时"呼啦啦"落一片空地上，"叨叨叨"啄食我看不见的食物。它们嘴啄到地上的声音，仿佛把只有尘土的地当一块面包。

我听够了它们不知在啄食什么的声音。现在，那群从我小时候就"叽叽喳喳"一直追随我到中年的麻雀，又在啄我新修的房顶了。

我小时候，麻雀饥饿的叫声围着院子，我们没有多余的麦子给它们，但它们会自己拿。我们扎麦草人站在麦地，穿我们破得不能再穿的衣服，戴我们晒得发白的帽子，一只手高举着打麻雀的树枝。不知麦草人吓着麻雀没有，我倒是被它吓过，一天傍晚我从野地回家，一抬头，看见穿着我的破衣裳的麦草人站在地里，像是活得更加落魄的我，站在未来里。

麻雀在收光的地里找不到粮食，就追到家里，乘人不注意，飞到院子晾晒的麦子上，它们拿走的那些，似乎也没有使我们变得更加饥饿。它们吃饱了飞到榆树上，"叽叽喳喳"地说三道四。那些年，我们家的窘迫生活，可能都变成它们没日没夜的闲话了。

麻雀还会骂人。

前天我坐在南瓜架下吃饭，一只麻雀在头顶叫，它嘴里叼着只虫子，那虫子一头在它嘴里衔着，另一头还在动。

我说，麻雀越来越胆大，离人这么近地叫。

我妈说，那只麻雀丢了孩子，问我们要呢。

麻雀的窝在厨房门上面的屋檐下，那里因为木板朽了，空出一个窟窿，麻雀便在里面做了窝。

我妈说，大前天一只小麻雀从窝里掉下来，浑身没毛，嘴角是黄的，大张着嘴叫，被黄狗星星一口吃了。麻雀妈妈回来找不到孩子，就对着我们叫。叫了几天了。

我们坐在南瓜架下吃饭，它就站在一伸手便能捉住的木架上，嘴对着我们叫，一句紧接一句，不知道说什么。

方如泉说，麻雀在骂人呢。它以为我们拿走了它的孩子。

麻雀的叫声不依不饶，确实像在骂人。方如泉生气了，对着麻雀大声说，别叫了，让狗吃了。

麻雀显然没听懂方如泉在说啥，它依旧对着我们叫。

麻雀一般有七八个孩子，丢了一个，还有其他的。但我没听见屋檐下的窝里有其他小麻雀的叫声。一般这个时候，大麻雀衔来虫子，窝里的小麻雀早就扯嗓子叫开了，还会把头伸到窝外，不小心后面的就把前面的挤下去。

我仰头看麻雀窝，里面确实没有一只小麻雀。

可能都掉下来让狗和猫吃了。

没有一只小麻雀的雀妈妈，依然衔来虫子，站在南瓜架上，对着我们叫。

我们真的欠了它的。

二〇一七年至二〇二二年十月

辑三

人的名字是一块生铁

寒风吹彻

　　雪落在那些年雪落过的地方，我已经不注意它们了。比落雪更重要的事情开始降临到生活中。三十岁的我，似乎对这个冬天的来临漠不关心，却又一直在倾听落雪的声音，期待着又一场雪悄无声息地覆盖村庄田野。

　　我静坐在屋子里，火炉上烤着几片馍馍，一小碟咸菜放在炉旁的木凳上，屋里光线暗淡。许久以后我还记起我在这样的一个雪天，围抱火炉，吃咸菜、啃馍馍，想着一些人和事情，想得深远而入神。柴火在炉中"啪啪"地燃烧着，炉火通红，我的手和脸都烤得发烫了，脊背却依旧凉飕飕的。寒风正从我看不见的一道门缝吹进来。冬天又一次来到村里，来到我的家。我把怕冻的东西一一搬进屋子，糊好窗户，挂上去年冬天的棉门帘，寒风还是进来了。它比我更熟悉墙上的每一道细微裂缝。

　　就在前一天，我似乎已经预感到大雪来临。我劈好足够烧半个月的柴火，整齐地码在窗台下。把院子扫得干干净净，无意中像在迎接一位久违的贵宾——把生活中的一些事情扫到一边，腾出干净的一片地方来让雪落下。下午我还走出村子，到田野里转了一圈。我没顾上割回来的一地葵花秆，将在大雪中站一个冬天。每年下雪之前，都会发现有一两件顾不上干完的事而被搁一个冬天。冬天，有多少人放下一年的事情，像我一样用自己那只冰手，从头到尾地抚摸自己的一生。

屋子里更暗了，我看不见雪。但我知道雪在落，漫天地落。落在房顶和柴垛上，落在扫干净的院子里，落在远远近近的路上。我要等雪落定了再出去。我再不像以往，每逢第一场雪，都会怀着莫名的兴奋，站在屋檐下观看好一阵，或光着头钻进大雪中，好像有意要让雪知道世上有我这样一个人，却不知道寒冷早已盯住了自己活蹦乱跳的年轻生命。

经过许多个冬天之后，我才渐渐明白自己再躲不过雪，无论我蜷缩在屋子里，还是远在冬天的另一个地方，纷纷扬扬的雪，都会落在我正经历的一段岁月里。当一个人的岁月像荒野一样敞开时，他便再无法照管好自己。

就像现在，我紧围着火炉，努力想烤热自己。我的一根骨头，却露在屋外的寒风中，隐隐作痛。那是我多年前冻坏的一根骨头，我再不能像捡一根牛骨头一样，把它捡回到火炉旁烤热。它永远地冻坏在那段天亮前的雪路上了。

那个冬天我十四岁，赶着牛车去沙漠里拉柴火。那时一村人都靠长在沙漠里的梭梭柴取暖过冬。因为不断砍挖，有柴火的地方越来越远，往往要用一天半夜时间才能拉回一车柴火。每次去拉柴火，都是母亲半夜起来做好饭，装好水和馍馍，然后叫醒我。有时父亲也会起来帮我套好车。我对寒冷的认识是从那些夜晚开始的。

牛车一走出村子，寒冷便从四面八方拥围而来，把我从家里带出的那点温暖搜刮得一干二净，浑身上下只剩下寒冷。

那个夜晚并不比其他夜晚更冷。

只是我一个人赶着牛车进沙漠。以往牛车一出村，就会听到远远近近的雪路上其他牛车的走动声，赶车人隐约的吆喝声。只要紧赶一阵路，便会追上一辆或好几辆去拉柴的牛车，一长串，缓行在铅灰色的冬夜里。那种夜晚天再冷也不觉得。因为寒风在吹好几个人，同村的、邻村的、认识和不认识的好几架牛车在这条夜路上抵挡着寒冷。

而这次，一夜的寒风吹着我一个人。似乎寒冷把其他一切都收拾掉了。现在全部地对付我。

我披紧羊皮大衣，一动不动趴在牛车里，不敢大声吆喝牛，免得让更多的寒冷发现我。从那个夜晚我懂得了隐藏温暖——在凛冽的寒风中，身体中那点温暖正一步步退守到一个隐秘得连我自己都难以找到的深远处——我把这点隐深的温暖节俭地用于此后多年的爱情和生活。我的亲人们说我是个很冷的人，不是的，我把仅有的温暖全给了你们。

许多年后有一股寒风，从我自以为火热温暖的从未被寒冷浸入的内心深处阵阵袭来时，我才发现穿再厚的棉衣也没用了。生命本身有一个冬天，它已经来临。

天亮后，牛车终于到达有柴火的地方。我的一条腿却被冻僵了，失去了感觉。我试探着用另一条腿跳下车，拄着一根柴火棒活动了一阵，又点了一堆火烤了一会儿，勉强可以行走了，腿上的一块骨头却生疼起来，是我从未体验过的一种疼，像一根根针刺在骨头上又狠命往骨髓里钻——这种疼感一直延续到以后所有的冬天以及夏季里阴冷的日子。

太阳落地时，我装着半车柴火回到家里，父亲一见就问我：怎么拉了这点柴，不够两天烧的。我没吭声。也没向家里说腿冻坏的事。

我想很快会暖和过来。

那个冬天要是稍短些，家里的火炉要是稍旺些，我要是稍把这条腿当回事儿，或许我能暖和过来。可是现在不行了。隔着多少个季节，今夜的我，围抱火炉，再也暖不热那个遥远冬天的我，那个在上学路上不慎掉进冰窟窿，浑身是冰往回跑的我，那个跺着冻僵的双脚，捂着耳朵在一扇门外焦急等待的我……我再不能把他们唤回到这个温暖的火炉旁。我准备了许多柴火，是准备给这个冬天的。我才三十岁，肯定能走过冬天。

但在我周围，肯定有个别人不能像我一样度过冬天。他们被留住了。冬天总是一年一年地弄冷一个人，先是一条腿、一块骨头、一副表情、一种心境……而后整个人生。

我曾在一个寒冷的早晨，把一个浑身结满冰霜的路人让进屋子，给他倒了一杯热茶。那是个上了年纪的人，身上带着许多个冬天的寒冷，当他坐在我的火炉旁时，炉火须臾间变得苍白。我没有问他的名字，在火炉的另一边，我感觉到迎面逼来的一个老人的透骨寒气。

他一句话不说。我想他的话肯定全冻硬了，得过一阵才能化开。

大约坐了半个时辰，他站起来，朝我点了一下头，开门走了。我以为他暖和过来了。

第二天下午，听人说村西边冻死了一个人。我跑过去，看见这个上了年纪的人躺在路边，半边脸埋在雪中。

我第一次看到一个人被冻死。

我不敢相信他已经死了。他的生命中肯定还深藏着一点温暖，只是我们看不见。一个人最后的微弱挣扎我们看不见，呼唤和呻吟我们听不见。

我们认为他死了。彻底地冻僵了。

他的身上怎么能留住一点点温暖呢。靠什么去留住。他的烂了几个洞、棉花露在外面的旧棉衣？底快磨通、一边帮已经脱落的那双鞋？还有，他多少个冬天积累起来的彻骨寒冷。

落在一个人一生中的雪，我们不能全部看见。每个人都在自己的生命中，孤独地过冬。我们帮不了谁。我的一小炉火，对这个贫寒一生的人来说，显然微不足道。他的寒冷太巨大。

我有一个姑妈，住在河那边的村庄里，许多年前的那些个冬天，我们兄弟几个常走过封冻的玛河去看望她。每次临别前，姑妈总要说一句：天热了让你妈过来喧喧。

姑妈年老多病，她总担心自己过不了冬天。天一冷她便足不出户，偎在一间矮土屋里，抱着火炉，等待春天来临。

一个人老的时候，是那么渴望春天来临。尽管春天来了她没有一片要抽芽的叶子，没有半瓣要开放的花朵。春天只是来到大地上，来到别人的生命中。但她还是渴望春天，她害怕寒冷。

我一直没有忘记姑妈的这句话，也不止一次地把它转告给母亲。母亲只是望望我，又忙着做她的活儿。母亲不是一个人在过冬，她有五六个没长大的孩子，她要拉扯着他们度过冬天，不让一个孩子受冷。她和姑妈一样期盼着春天。

……天热了，母亲会带着我们，蹚过河，到对岸的村子里看望姑妈。姑妈也会走出蜗居一冬的土屋，在院子里晒着暖暖的太阳和我们说说笑笑……多少年过去了，我们一直没有等到这个春天。好像姑妈那句话中的"天"一直没有热。

姑妈死在几年后的一个冬天。我回家过年，记得是大年初四，我陪着母亲沿一条即将解冻的马路往回走。母亲在那段路上告诉我姑妈去世的事。她说："你姑妈死掉了。"

母亲说得那么平淡，像在说一件跟死亡无关的事情。

"怎么死的？"我似乎问得更平淡。

母亲没有直接回答我。她只是说："你大哥和你弟弟过去帮助料理了后事。"

此后的好一阵，我们再没说话，只顾静静地走路。快到家门口时，母亲说了句："天热了。"

我抬头看了看母亲，她的身上散着热气，或许是走路的缘故，不过天气真的转热了。对母亲来说，这个冬天已经过去了。

"天热了过来喧喧。"我又想起姑妈的这句话。这个春天再不属于姑妈了。她熬过了许多个冬天还是被这个冬天留住了。我想起奶奶也是死在多年前的冬天。母亲还活着。我们在世上的亲人会越来越少。我告诉自己，不管天冷天热，我都常过来和母亲坐坐。

母亲拉扯大她的七个儿女。她老了。我们长高长大的七个儿女，或许能为母亲挡住一丝的寒冷。每当儿女们回到家里，母亲都会特别高兴，家里也顿添热闹的气氛。

但母亲斑白的双鬓分明让我感到她一个人的冬天已经来临，那些雪开始不退、冰霜开始不融化——无论春天来了，还是儿女们的孝心和温暖备至。

随着三十年的人生距离，我感受着母亲独自在冬天的透心寒冷。我无能为力。

雪越下越大。天彻底黑透了。

我围抱着火炉，烤热漫长一生的一个时刻。我知道这一时刻之外，我其余的岁月，我的亲人们的岁月，远在屋外的大雪中，被寒风吹彻。

马老得胡子都白了

　　我出生时爷爷就是一个老头，我没看见他的壮年、青年和少年。我一睁眼他就老掉了。后来，我没长大，他又不见了。我不知道他去了哪里。在他的记忆中我没有青年、中年，也没有老年。他没看见我长大。我也没看见。一个早晨人们把他放到车上，他穿着新衣、新裤、新鞋子，好像睡着了，闭着眼睛。父亲把缰绳搁在他手里，一根青柳条的细绳鞭放在另一只手里，然后马车"嘚嘚"上路了。

　　多少年后，我开始记事的时候——也许没有多少年，只是比一个早晨稍长一点的时间，一辆空马车从村子另一边回来，径直走到我们家门口。马老得胡子都白了，车也几乎散架。车厢板上一层沙尘一层树叶，说明马车穿过多少个秋天和春天。

　　母亲说，这辆马车是陪送你爷爷的，没让它回来。
　　它是不是把爷爷送到地方，来接我们。我在心里说。

空马车从此停在院子，车架用一个条凳支起。老马拴在棚下，母亲说它快死了，却没死，一直拴在草棚下面。从我记事起就有一匹老马拴在草棚下，不吃草，不睡觉。夜里眼睛白白的，望着我们家门，望着窗户和烟囱。我从草棚下来，悄悄站在它身后，顺着它的眼睛望去。我们家木门在星光里，暗暗开了，又关住。又开了。一下一下，像多少人进进出出，炕睡满了，地上站满了。我不敢进屋。我睡觉的地方睡满了不认识的人。车空空停在院子，等了多少年，辕木都朽了一根，没一个人上路。

秋天，跑顺风买卖的冯七说，在老奇台看见我爷爷。他穿着新衣、新裤、新鞋子，坐在一条向南的巷子里，晒太阳。冯七过去跟他说话。老人家说不认识他。怎么可能呢。冯七说了许多虚土庄的事，老人家一个劲摇头。

我爷爷可能被一段颠路摇醒，看见自己新衣、新裤、新鞋子，躺在马车上，就什么都明白了。他把车掉回头，拍了一把马屁股，车便空跑回来。我爷爷回过头，往上百年的往事里走，他经过我出生看见他的那段日子时，我感觉一个亲人回来，我闻到他的气息，他带来的风声里没有一粒尘土。我没看清他的面容，只感到我在他的目光里，我静静停住，后退几步，想让他看清我。我想他会停留一段日子，我听见他的脚步，在院子里走动，有时走到路上又回来。他一定知道我感觉到了他。他的脚步越来越轻，我越来越安静。什么都听不见时，我站在阳光中，不敢走动，怕碰到他身上。他可能就在沙枣树荫里，在木头上，斜歪着身子。或许站在我身后，胡须垂到我的头顶。

这样的时刻很长，有几个季节，我停住生长。跑买卖的马车时常经过村庄。院门一天到晚敞开。家里剩下我一个人。我爷爷回来的时候，他们都到哪儿去了？

突然地，有一天我再感觉不到他。院子变得空空的。我知道他走了。

他走进没有我的漫长年月，在那里，他和我从没见过面的奶奶，过着我不知道的日子。多少年后，他回到童年时，我听见他的喊声，我回过头。那时我刚好在童年，我和他一起玩捉迷藏，爬树梢上房顶。我不知道和我玩耍的孩子中有一个是我爷爷。他回来过自己的童年。在那里他和我不分大小。

他往回走的时候，曾经收获过的粮食又一次被他收获，早年的一日三餐，一顿不缺，让他再次吃饱，用掉的力气也全回到身上。

先父

一

我比年少时更需要一个父亲，他住在我隔壁，夜里我听他打呼噜，费劲地喘气。看他弓腰推门进来，一脸皱纹，眼皮耷拉，张开剩下两颗牙齿的嘴，对我说一句话。我们在一张餐桌上吃饭，他坐上席，我在他旁边，看着他颤巍巍伸出一只青筋暴露的手，已经抓不住什么，又抖抖地勉力去抓住。听他咳嗽，大口喘气——这就是数年之后的我自己。一个父亲，把全部的老年展示给儿子。一如我把整个童年、青年带回到他眼前。

在一个家里，儿子守着父亲老去，就像父亲看着儿子长大成人。这个过程中，儿子慢慢懂得老是怎么回事儿。父亲在前面蹚路。父亲离开后儿子会知道自己四十岁时该做什么，五十岁、六十岁时要考虑什么。到了七八十岁，该放下什么，去着手操劳什么。

可是，我没有这样一个老父亲。

我活得比你还老时，身心的一部分仍旧是一个孩子。我叫你爹，叫你父亲，你再不答应。我叫你爹的那部分永远地长不大了。

多少年后，我活到你死亡的年龄：三十七岁。我想，我能过去这一年，就比你都老了。作为一个女儿的父亲，我会活得更老。那时想起年纪轻轻就离去的你，就像怀想一个早夭的儿子。你给我童年，我自己走向青年、中年。

我的女儿只看见过你的坟墓。我清明带着她上坟，让她跪在你的墓前磕头，叫你爷爷。你这个没福气的人，没有活到她张口叫你爷爷的年龄。如果你能够，在那个几乎活不下去的年月，想到多少年后，会有一个孙女伏在耳边轻声叫你爷爷，亲你胡子拉碴的脸，或许你会为此活下去。但你没有。

二

留下五个儿女的父亲，在五条回家的路上。一到夜晚，村庄的五个方向有你的脚步声。狗都不认识你了。五个儿女分别出去开门，看见不同的月色星空。他们早已忘记模样的父亲，一脸漆黑，站在夜色中。

多年来儿女们记住的，是五个不同的父亲。或许根本没有一个父亲。所有对你的记忆都是空的。我们好像从来就没有过你。只是觉得跟别人一样应该有一个父亲，尽管是一个死去的父亲。

每年清明我们上坟去看你，给你烧纸，烧烟和酒。边烧边在坟头吃喝说笑。喝剩下的酒埋在你的头顶。临走了再跪在墓碑前叫一声父亲。

我们真的有过一个父亲吗？

当我们谈起你时，几乎没有一点共同的记忆。我不知道六岁便失去你的弟弟记住的那个父亲是谁。当时还在母亲怀中哇哇大哭的妹妹记住的，又是怎样一个父亲。母亲记忆中的那个丈夫跟我们又有什么关系。你死的那年我八岁，大哥十一岁，最小的妹妹才八个月。我的记忆中没有一点你的影子。我对你的所有记忆是我构想的。我自己创造了一个父亲，通过母亲，通过认识你的那些人。也通过我自己。

如果生命是一滴水，那我一定流经了上游，经过我的所有祖先，爷爷奶奶、父亲母亲，就像我迷茫中经过的无数个黑夜，我浑然不觉的黑夜。我睁开眼睛。只是我不知道我来到世上那几年里，我看见了什么。我的童年被我丢掉了，包括那个被我叫作父亲的人。

我真的早已忘了，这个把我带到世上的人。我记不起他的样子，忘了他怎样在我记忆模糊的幼年教我说话，逗我玩，让我骑在他的脖子上，在院子里走。我忘了他的个头，想不起家里仅存的一张照片上，那个面容清瘦的男人曾经跟我有过什么关系。他把我拉扯到八岁，他走了。可我八岁之前的记忆全是黑夜，我看不清他。

我需要一个父亲，在我成年之后，把我最初的那段人生讲给我。就像你需要一个儿子，当你死后，我还在世间传播你的种子。你把我的童年全带走了，连一点影子都没留下。

我只知道有过一个父亲。在我前头，隐约走过这样一个人。

我的有一脚踩在他的脚印上，隔着厚厚的尘土。我的有一声追上他的声。我吸的有一口气，是他呼出的。

你死后我所有的童年之梦全破灭了。只剩下生存。

三

我没见过爷爷，他在父亲很小时便去世了。我的奶奶活到七十八岁。那是我看见的唯一一个亲人的老年。父亲死后她又活了三年，或许是四年。她把全部的老年光景示意给了母亲。我们的奶奶，那个老年丧子的奶奶，我已经想不起她的模样，记忆中只有一个灰灰的老人，灰白头发，灰旧衣服，弓着背，小脚，挂拐，活在一群未成年的孙儿中。她给我们做饭，洗碗。晚上睡在最里边的炕角。我仿佛记得她在深夜里的咳嗽和喘息，记得她摸索着下炕，开门出去。过一会儿，又进来，摸索着上炕。全是黑黑的感觉。有一个早晨，她再没有醒来，母亲做好早饭喊她，我们也大声喊她。她就睡在那个炕角，弓着身，背对我们，像一个熟睡的孩子。

母亲肯定知道奶奶的更多细节，她没有讲给我们。我也很少问过。仿佛我们对自己的童年更感兴趣。童年是我们自己的陌生人。我们并不想看清陪伴童年的那个老人。我们连自己都无法弄清。印象中奶奶只是一个遥远的亲人，一个称谓。她死的时候，我们的童年还没有结束。她什么都没有看见，除了自己独生儿子的死，她在那样的年月里，看不见我们前途的一丝光亮。我们的未来向她关闭了。她对我们的所有记忆是愁苦。她走的时候，一定从童年领走了我们，在遥远的天国，她抚养着永远长不大的一群孙儿孙女。

四

在我九岁，你离世的第二年，我看见十三岁时的光景：个头稍高一些，胳膊长到锨把粗，能抱动两块土块，背一大捆柴从野地回来，走更远的路去大队买东西——那是我大哥当时的岁数。我和他隔了四年，看见自己在慢慢朝一捆背不动的柴走近，我的身体正一碗饭、一碗水地，长到能背起一捆柴、一袋粮食。

然后我到了十六岁，外出上学。十九岁到安吉小镇工作。那时大哥已下地劳动，我有了跟他不一样的生活，我再不用回去种地。

可是，到了四十岁，我对年岁突然没有了感觉。路被尘土蒙蔽。我不知道四十岁以后的下一年我是多大。我的父亲没有把那时的人生活给我看。他藏起我的老年，让我时刻回到童年。在那里，他的儿女永远都记得他收工回来的那些黄昏，晚饭的香味飘在院子。我们记住的饭菜全是那时的味道。我一生都在找寻那个傍晚那顿饭的味道。已经忘了是什么饭，一家人围坐在桌旁，筷子摆齐，等父亲的脚步声踩进院子，等他带回一身尘土，在院门外拍打。

有这样一些日子，父亲就永远是父亲了，没有谁能替代他。我们做他的儿女，他再不回来我们还是他的儿女。一次次，我们回到有他的年月，回到他收工回来的那些傍晚，看见他一身尘土，头上落着草叶。他把铁锨立在墙根，一脸疲惫。母亲端来水让他洗脸，他坐在土墙的阴影里，一动不动，好像叹着气，我们全在一旁看着他。多少年后，他早不在人世，我们还在那里一动不动看着他。我们叫他父亲，声音传不过去。盛好饭，碗递不过去。

五

你死去后我的一部分也在死去。你离开的那个早晨我也永远地离开了，留在世上的那个我究竟是谁。

父亲，只有你能认出你的儿子。他从小流落人世，不知家，不知冷暖饥饱。只有你记得我身上的胎记，记得我初来人世的模样和眼神，记得我第一眼看你时，紧张陌生的表情和勉强的一丝微笑。

我一直等你来认出我。我像一个父亲看儿子一样，一直看着我从八岁，长到四十岁。这应该是你做的事情。你闭上眼睛不管我了。我是否已经不像你的儿子。我自己拉扯大自己。这个四十岁的我到底是谁。除了你，是否还有一双父亲的眼睛，在看着我。

我在世间待得太久了。谁拍打过我头上的土。谁会像擦拭尘埃一样，拭去我的年龄、皱纹，认出最初的模样。当我淹没在熙攘人群中，谁会在身后喊一声：咴，儿子。我回过头，看见我童年时的父亲，我满含热泪，一步步向他走去，从四十岁，走到八岁。我一直想把那个八岁的我从童年领出来。如果我能回去，我会像一个好父亲，拉着那个八岁孩子的手，一直走到现在。那样我会认识我，知道自己走过了怎样一条路。

现在，我站在四十岁的黄土梁上，望不见自己的老年，也看不清远去的童年。

我一直等你来认出我，告诉我辈分，一一指给我母亲兄弟。他们一样急切地等着我回去认出他们。当我叫出大哥时，那个太不像我的长兄一脸欢喜，他被辨认出来。当我喊出母亲时，我一下喊出我自己，一个四十岁的儿子，回到家里，最小的妹妹都三十岁了。我们有了一个后父。家里已经没你的位置。

你在世间只留下名字，我为怀念你的名字把整个人生留在世上。我的身体承受你留下的重负，从小到大，你不去背的一捆柴我去背回来，你不再干的活儿我一件件干完。他们说我是你儿子，可是你是谁，是我怎样的一个父亲。我跟你走掉的那部分一遍遍地喊着父亲。我留下的身体扛起你的铁锨。你没挖到头的一截水渠我得接着挖完，你垒剩的半堵墙我们还得垒下去。

六

如果你在身旁，我可能会活成另外一个人。你放弃了教养我的职责。没有你我不知道该听谁的。谁有资格教育我做人做事。我该以谁为榜样一岁岁成长。我像一棵荒野中的树，听由了风、阳光、雨水和自己的性情。谁告诉过我哪个枝丫长歪了。谁曾经修剪过我。如果你在，我肯定不会是现在的样子。尽管我从小就反抗你，听母亲说，我自小就不听你的话，你说东，我朝西。你指南，我故意向北。但我最终仍长得跟你一模一样。没有什么能改变你的旨意。我是你儿子，你孕育我的那一刻我便再无法改变。但我一直都想改变，我想活得跟你不一样。我活得跟你不一样时，内心的图景也许早已跟你一模一样。

早年认识你的人，见了我都说：你跟你父亲那时候一模一样。

我终究跟你一样了。你不在我也没活成别人的儿子。

可是，你那时坚持的也许我早已放弃，你舍身而守的，我或许已不了了之。没有你我会相信谁呢。你在时我连你的话都不信。现在我想听你的，你却一句不说。我多想让你吩咐我干一件事，就像早年，你收工回来，叫我把你背来的一捆柴码在墙根。那时我那么不情愿，码一半，剩下一半。你看见了，大声呵斥我。我再动一动，码上另一半，仍扔下一两根，让你看着不舒服。

可是现在，谁会安排我去干一件事呢。我终日闲闲。半生来我听过谁的半句话。我把谁放在眼里，心存佩服。

父亲，我现在多么想你在身边，喊我的名字，说一句话，让我去门外的小店买一盒火柴，让我快一点。我干不好时你瞪我一眼，甚至骂我一顿。

如今我多么想做你让我做的一件事情，哪怕让我倒杯水。只要你吭一声，递个眼神，我会多么快乐地去做。

父亲，我如今多想听你说一些道理，哪怕是老掉牙的，我会毕恭毕敬倾听，频频点头。你不会给我更新的东西。我需要那些新东西吗？

父亲，我渴求的仅仅是你说过千遍的老话。我需要的仅仅是能够坐在你身旁，听你呼吸，看你抽烟的样子，吸一口，深咽下去，再缓缓吐出。我现在都想不起你是否抽烟，我想你时完全记不起你的样子。不知道你长着怎样一双眼睛，蓄着多长的头发和胡须，你的个子多高，坐着和走路是怎样的架式。还有你的声音，我听了八年，都没记住。我在生活中失去你，又在记忆中把你丢掉。

七

你短暂落脚的地方，无一不成为我长久的生活地。有一年你偶然途经、吃过一顿便饭的沙湾县城，我住了二十年。你和母亲进疆后度过第一个冬天的乌鲁木齐，我又生活了十年。没有谁知道你的名字，在这些地方，当我说出我是你的儿子，没有谁知道。四十年前，在这里拉过一冬天石头的你，像一粒尘土埋在尘土中。

只有在故乡金塔，你的名字还牢牢被人记住。我的堂叔及亲戚们，一提到你至今满口惋惜。他们说你可惜了。一家人打柴放牛供你上学。年纪轻轻做到县中学校长、团委书记。

要是不去新疆，不早早死掉，也该做到县长了。

他们谈到你的活泼性格，能弹会唱，一手好毛笔字。在一个叔叔家，我看到你早年写在两片白布上的家谱，端正有力的小楷。墨迹浓黑，仿佛你刚刚写好离去。

他们听说我是你儿子时，那种眼神，似乎在看多少年前的你。在那里我是你儿子。在我生活的地方你是我父亲。他们因为我而知道你，但你已不在人世。我指给别人的是我的后父，他拉扯我们长大成人。他是多么陌生，永远像一个外人。平常我们一起干活儿、吃饭，张口闭口叫他父亲。每当清明，我们便会想起另一个父亲，我们准备烧纸、祭食去上坟，他一个人留在家，无所事事。不知道他死后，我们会不会一样惦念他。他的祖坟在另一个村子，相距几十公里，我们不可能把他跟先父埋在一起，他有自己的坟地。到那时，我们会有两处坟地要扫，两个父亲要念记。

八

埋你的时候，我的一个远亲姨父掌事。他给你选了玛纳斯河边的一块高地，把你埋在龙头，前面留出奶奶的位置。他对我们说，后面这块空地是留给你们的。我那时多小，一点不知道死亡的事，不知道自己以后也会死，这块地留给我们干什么。

我的姨父料理丧事时，让我们、让他的儿子们站在一旁，将来他死了，我们会知道怎样埋他。这是做儿子的必须要学会的一件事，就像父母懂得怎样生养你，你要学会怎样为父母送终。在儿子成年后，父母的后事便成了时时要面对的一件事，父母在准备，儿女们也在准备，用很多年、很多个早晨和黄昏，相互厮守，等待一个迟早会来到的时辰，它来了，我们会痛苦，伤心流泪，等待的日子全是幸福。

父亲，你没有让我真正当一次儿子，为你穿寿衣，修容，清洗身体，然后，像抱一个婴儿一样，把你放进被褥一新的寿房。我那时八岁，看见他们把你装进棺材。我甚至不知道死亡是怎么回事儿。在我的记忆中埋你的墓坑是一个长方的地洞，他们把你放进去，棺材头上摆一碗米饭，插上筷子，我们趴在坑边，跟着母亲大声哭喊，看人们一锹锹把土填进去。我一直认为你从另一个出口走了。他们堵死这边，让你走得更远。多少年来我一直想你会回来，有一天突然推开家门，看见你稍稍长大几岁的儿女，衣衫破旧，看见你清瘦憔悴的妻子，拉扯五个儿女艰难度日。看见只剩下一张遗像的老母亲。你走的时候，会想到我们将活成怎样。我成年以后，还常常想着，有一天我会在一条异乡的路上遇见你，那时你已认不出我，但我一定会认出你，领你回家。一个丢掉又找回来的老父亲，我们需要他的时候他离去了。等我长大，过上富裕日子，他从远方流浪回来，老得走不动路。他给我一个赡养父亲的机会，也给我一个料理死亡的机会。这是父亲应该给儿子的，你没有给我。你早早把死亡给了别人。

九

我将在黑暗中孤独地走下去，没有你引路。四十岁以后的寂寞人生，衰老已经开始，我不知道自己在年老腰疼时，怎样在深夜独自忍受，又在白天若无其事，一样干活儿、说话。在老得没牙时，喝不喜欢的稀粥，把一块肉含在口中，慢慢地嚼。我的身体迟早会老到这一天。到那时，我会怎样面对自己的衰老。父亲，你是我的骨肉亲人，你的每一丝疼痛我都能感知。衰老是一个缓慢到来的过程，也许我会像接受自己长个子、生胡须一样，接受脱发、骨质增生，以及衰老带来的各种病痛。

但是，你忍受过的病痛我一定能坦然忍受。我小时候，有大哥，有母亲和奶奶，引领我长大，也有我单独寂寞的成长。我更需要你教会我怎样衰老和死亡。

如果你在身旁，我会早早知道，自己的腿在多大年龄变老，走不动路。眼睛在哪一年秋天花去。这一年到来时，我会有时间给自己准备老花镜和拐杖。我会在眼睛彻底失明前，记住回家的路和那些常用物件的位置。我会知道你在多大年龄开始为自己准备后事，吩咐你的大儿子，准备一口好棺材，白松木的，两条木凳支起，放在草棚下。着手还外欠的债。把你一生交往的好朋友介绍给儿子，你死后无论我走到哪儿，遇到什么难事，认识你的人会说，这是你的后人。他们中的某个人，会伸手帮我一把。

可是，没有一个叫父亲的人，白发飘飘，把我向老年引。我不知道老是什么样子。我的腿不把酸痛告诉我，我的腰不把弯曲告诉我，我的皮肤不把皱纹告诉我。我老了我不知道。就像我年少时，不知道自己是一个孩子。我去沙漠砍柴，打土块，背猪草，干大人的活儿。没人告诉我自己是个孩子。父亲离开的那一年我们全长大了，从最小的妹妹，到我。你剩给我们的全是大人的日子。我的童年不见了。

直到有一天，我背一大捆柴回家，累了在一户人家墙根歇息，那家的女人问我多大了，我说十三岁。她说，你还是个孩子，就干这么重的活儿。我羞愧地低下头，看见自己细细的腿和胳膊，露着肋骨的前胸和独自长大的一双脚。你都死去多少年了，我以为自己早长大了，可还小小的，个子不高，没有多少劲，背不动半麻袋粮食。

如果寿命跟遗传有关，在你死亡的年龄，我会做好该做的事。如果我活过了你的寿数，我就再无遗憾。我的儿女们，会有一个长寿的父亲。他们会比我活得更长久。有一个老父亲在前面引领，他们会活得自在从容。

现在，我在你没活过的年龄，跟你说出这些。我说的时候，我能感觉到你在听。我也在听，父亲。

刘扁

刘扁说，儿子，我们停下来是因为没路走了。有本事的人都在四处找出路，东边南边，西边北边，都有人去了。我们不能跟着别人的屁股跑。我越走越觉得，这片大地是一堵根本翻不过去的墙，它挡住了我们。从甘肃老家到新疆，走了几千公里的路，其实就像一群蚂蚁在一堵它们望不到边的墙上爬行一样，再走，走多远也还在墙这边。我们得挖个洞过去。

井架支在院子，靠牛棚边。开始村里人以为父子俩在挖一口井。父亲刘扁在底下挖掘，儿子往上提土。活儿大多在晚上干，白天父子俩下地劳作，一到晚上，井口那只大木辘轳的"咯唧"声响彻村子。

后来井挖得深了，父亲刘扁就再不上来，白天黑夜地蹲在井底，儿子吊土时顺便把吃喝的吊下去。父亲有事了从底下喊一句话，很久，瓮声瓮气的回声从井口冒出来，都变了音。儿子头探进去，朝下回应一句，也是很久，听见声音落到井底。

儿子根据吊上来的土，知道父亲穿过厚厚的黄土层，进入到沙土地带。儿子把吊上来的土，依颜色和先后，一堆堆摆在院子，以此记忆父亲在地下走过的道路。

有一阵子，父亲刘扁在下面没声音了。儿子耳朵对着井口久久倾听。连一声咳嗽都没有。儿子知道父亲已走得很远，儿子试探地摇摇井绳，过了很久，父亲从底下摇动了井绳，一点动静颤悠悠地传到绳的另一头。儿子很惊喜，又赶紧连摇了两下。

从那时起，大概半年时间里，儿子吊上来的全是卵石。石堆已高过院墙，堆向外面的荒草滩。儿子开始担忧。父亲陷在地深处一片无边无际的乱石滩了。那石滩似乎比他们进新疆时走过的那片还大。那时儿子还在母亲肚子里，作为家里最轻小的一件东西被带上路。儿子时常踏上父亲在地下走过的路途，翻过堆在院子里的大堆黄土，再翻过一小堆青土，直到爬上仍在不断加高的沙石堆。儿子在这个石堆顶上，看不见父亲的尽头。

又一段时间，有半个冬天，父亲刘扁在地下一块岩石上停住了。他无法穿过去。儿子在上面感到了父亲的困苦和犹豫。儿子下地回来，睡一觉起来，父亲在下面仍没有动静。父亲坐在地深处一块岩石上想事情。儿子每天把饭菜吊下去，又把空碗吊上来。这样停滞了几个月，冬天过去，雪消后快要春耕时，父亲又开始往下挖了。这次儿子吊上来的不是石头，而是一种从没有见过的铁黑粉末。儿子不知道父亲怎样穿过那层厚厚的岩石。似乎那块岩石像一件事情被父亲想通想开了。

另外一次，父亲刘扁遇到了一条地下河流，要搭桥过去。父亲在底下摇了五下绳子，儿子在上面回摇了三下，父亲又摇了两下，儿子便明白父亲要一根木头。儿子不清楚那条地下河的宽度和水量，就把家里准备盖房的一根长椽子吊了下去。儿子和父亲，通过摇动绳子建立了一种只有他俩知道的语言方式。可是，随着绳子不断加长，这种交流也愈加困难。有时父亲在地深处摇三下绳，井口的绳子只微微动一下。儿子再无法知道父亲的确切意图。

况且，家里的绳子全用尽了。村里也已没绳子可借。每隔几天，儿子就要满村子跑着借绳子，麻绳、皮绳、草绳，粗细不一地接在一起，木辘轳的咯唧声日夜响彻村子。已经快把全村的绳子用完了。儿子记得王五爷的话：再大的事也不能把一个村庄的劲全用完。村庄的绳子也是有限的，尽管有绳子的人家都愿给他借，但总有人会站出来说话的。绳子是村庄的筋，有这些长短粗细的绳子绑住、拴住、连住、捆住、套住，才会有这么多不相干的东西汇集在一起，组成现在的村子。没有绳子村庄就散掉了，乱掉了。

最后一次，已经不知道时间过去了几年，儿子用自己唯一的一条裤子，拧成布绳接上，给父亲吊下去一碗饭。那根疙疙瘩瘩的井绳，放了一天一夜才放到头。

可是，下面没有一点反应。

儿子又等了两天，把绳摇上来，看见吊下去的饭丝毫未动。

儿子慌了，去找王五爷。

王五爷说，你父亲大概一个人走了。他已经找到路了，那条路只能过去一个人。许多人探求到的路，都像狗洞一样只能钻过一个人，无法过去一个家、一个村子。你父亲走得太深远，已经没力气回来。

一开始他把挖掘的土装进筐让你吊上来。他想让你知道脚下的地有几层，树和草的根扎到了第几层。蚁、鼠、蛇蝎的洞打到了哪一层。后来他知道你的绳子和筐再无法到达那里，他便一个人走了。他挖前面的土，堵后面的路。那是一条真正的不归路。

你父亲现在到达什么位置我不清楚，但他一定还在村庄底下。夜深人静时耳朵贴地，就会听到地底下有个东西在挖洞。我一直在听。村里人也一直关心着这件事，不然他们不会把绳子全借给你。

早几年，我听到你父亲的挖掘声有点犹豫，挖挖停停。这阵子他似乎认定方向了，挖掘声一刻不停，他挖了那么深，其实还在村庄底下，说不定哪一天，在哪个墙角或红柳墩下，突然开一个洞，你父亲探出头来。但他绝不会走到地上。

你父亲在地下挖掘时，也一定倾听地面上的动静。地上过一辆车、打夯、劈柴、钉橛子，你父亲都能听见。只要地上有响动，你父亲就放心了，这一村子人还没走，等着自己呢。

有时我觉得，你父亲已上升到地表的黄土层中。或者说，就在草木和庄稼的根须下乘凉呢。我们抚摸麦穗和豆秧时，总能感觉到有一个人也在地下抚摸它们的根须。又是一个丰年啊！你父亲在地下看见的，跟我们在地上看见的，是同一场丰收。

有一个人管着村庄的地下，我们就放心多了。他会引领粮食和草木的根须往深处扎，往有养分和水的地方扎。他会把一棵树朝北的主根扭过头来，向东伸去。因为他知道北边的沙石层中没水，而东边的河湾下面一条条暗河涌着波澜。我们在地上，只能看见那棵树的头莫名其妙向东歪了。成片的草朝东匍匐着身子。

听了我的话，孩子，你不要试图再挖个洞下去找你父亲。你找不到的，他已经成了土里的人。每人都有一段土里的日子。你父亲正过着自己土里的日子，别轻易打扰他。你只有在夜深人静时耳朵贴地去听，他会给你动静。就像那时他在井底摇动绳子，现在，他随便触动一棵树一株草的根须，地上面就会有动静。

孩子，你要学会感应。

张望

"除了我，没人知道虚土庄每天早晨出去多少人，傍晚又回来多少人。这一村庄人，扔在荒野上没人管过。"

我五岁时，看见一个人整天站在村头的大沙包上，像一截黑树桩。我从背后悄悄爬上去，他望路上时我也跟着望路上，他看村子时我也学他的样子看着村子。

"看，烟囱冒黑烟的那户人家，有一个人在外面，五年了没回来。这个村庄还有七十六个人在外面。"

只要我在身边，他就会一户一户说下去。从村南头的王五家，说到北头的赵七家。还指着路上的人和牲口说。我只是听，一声不吭。

他从没有说到我们家："看，门口长着一棵大沙枣树的那户人家……"我一直等他说出这句话。每次快说到我们家时他就跳过去。我从来没从他嘴里，听到有关我们家的一丝消息。虚土庄的许多事情都是这个人告诉我的。他叫张望。

张望二十岁时离家出走过一次。"那时我就觉得一辈子完蛋了。能看见的活儿都让别人干完了，我到世上干啥来了我不清楚。我长高了个子，长粗了胳膊腿，长大了头。可是没有用处。"

在一个春天的早晨，张望夹在下地干活儿的人中间，悄无声息出了村子。

"我本来想走得远远的再不回来。其实我已经走得足够远。我担心人们找不到我着急。他们会把活儿全扔下四处找我。至少我的家人会四处找我。村里丢了一个人，应该是一件大事情。"

将近半年后的一个下午，张望从远处回来，人们已开始秋收。他夹在收工的人中间往回走，没人问他去哪儿了，见了面只是看一眼，或点点头，像以往见面时一样。往回走时他还在想，他经过的那些村镇的土墙上，一定张贴着寻人启事，有关他的个头、长相、穿着，都描述得清清楚楚。那些人一眼就会认出他。说不定会有人围过来，抓住他的胳膊领回家。因为寻人启事上，肯定有"谁找到这个人重谢一头牛或两麻袋麦子"这样的许诺。

可是，什么都没发生。这个村庄少一个人就像风刮走一棵草一样没人关心。

"我从那时开始干这件事情。每天一早一晚，我站在村头的沙梁上，清点上工收工的人。村里人一直认为我是个没找到事情的人，每天早早站在村头，羡慕地看别人下地干活儿，傍晚又眼馋地看着别人收工回来。他们不知道我在清数他们。我数了几十年的人数，出入村子的人数全在我的账簿里。

"你看，这活儿也不累人。跟放羊的比，我只干了他一早一晚做的那件事：点点头数。连一个牧羊人都知道，早晨羊出圈时数数头数，傍晚进圈时再数一遍。村里那个破户口簿，只简单记着谁出生了，谁死了。可是，每天出去的人中谁回来了，谁没有回来，竟然没一个人操心。

"我一天不落数了几十年，也没人来问问我，这个村里还剩下多少人。多少人走了，多少人回来。

"本来，这就是我自己的事情。我一直都担心早晨天蒙蒙亮，一个一个走出村庄的那些人中，肯定有一些不会回来。我天天数，越数越担心。每隔一段时间，就会有一个人不回来。多少年后，村里就没人了。谁都不知道谁去了哪里。人在不知不觉中丢失了。当人们觉察到村里人越来越少，剩下的人仍没有足够的警惕，依旧早出晚归，依旧有人再不回来。

"到那时仍不会有一个人来问我，人都去哪里了。他们只有丢了牲口才想到我，站在沙梁下喊：吠，张望，看见我的黑牛娃子跑哪儿去了？我们家白绵羊丢了，你见了没有？

"直到有一天，剩下的最后一个人清早起来，发现所有房子空了，道路空了，他满村子喊：人哪儿去了？人都到哪儿去了？他跑出去找他们，同样一去不回。"

我五岁时村子里还有许多人。我最想知道的是我们家的人去哪儿了。我经常回去房子空空的。我喊母亲，又喊弟弟的名字。喊着喊着我醒来，发现自己躺在一片荒地。家里发生了许多事，两岁的弟弟被人抱走。父亲走丢了，接着是大哥，母亲带着另一个弟弟妹妹去找，我一个人回到家。我在那时开始记事。我知道了村子的许多事，却始终无法弄清楚我们家的一个夜晚。他们全走掉的那个夜晚，我回到家里。

冯三

人的名字是一块生铁，别人叫一声，就会擦亮一次。一个名字若两三天没人叫，名字上会落一层土。若两三年没人叫，这个名字就算被埋掉了。上面的土有一铁锨厚。这样的名字已经很难被叫出来，名字和属于他的人有了距离。名字早寂寞得睡着了。或朽掉了。名字下的人还在瞎忙碌，早出晚归，做着莫名的事。

冯三的名字被人忘记五十年了。人们扔下他的真名不叫，都叫他冯三。

冯三一出世，父亲冯七就给他起了大名：冯得财。等冯三长到十五岁，父亲冯七把村里的亲朋好友召集来，摆了两桌酒席。

冯七说，我的儿子已经长成大人，我给起了大名，求你们别再叫他的小名了。我知道我起多大的名字也没用。只要你们不叫，他就永远没有大名。当初我父亲冯五给我起的名字多好：冯富贵。可是，你们硬是一声不叫。我现在都六十岁了，还被你们叫小名。

我这辈子就不指望听到别人叫一声我的大名了。我的两个大儿子，你们叫他们冯大、冯二，叫就叫去吧，我知道你们改不了口了。可是我的三儿子，就求你们饶了他吧。你们这些当爷爷奶奶、叔叔大妈、哥哥姐姐的，只有稍稍改个口，我的三儿子就能大大方方做人了。

可是，没有一个人改口，都说叫习惯了，改不了了。或者当着冯七的面满口答应，背后还是冯三冯三地叫个不停。

冯三一直在心中默念着自己的大名。他像珍藏一件宝贝一样珍藏着这个名字。

自从父亲冯七摆了酒席后，冯三坚决再不认这个小名，别人叫冯三他硬不答应。冯三两个字飘进耳朵时，他的大名会一蹦子跳起来，把它打出去。后来冯三接连不断灌进耳朵，他从村子一头走到另一头，见了人就张着嘴笑，希望能听见一个人叫他冯得财。

可是，没有一个人叫他冯得财。

冯三就这样蛮横地踩在他的大名上面，堂而皇之地成了他的名字。已经五十年了，冯三仍觉得别人叫他的名字不是自己的。夜深人静时，冯三会悄悄地望一眼像几根枯柴一样朽掉的那三个字。有时四下无人，冯三会突然张口，叫出自己的大名。很久，没有人答应。冯得财就像早已陌生的一个人，五十年前就已离开村子，越走越远，跟他，跟这个村庄，都彻底没关系了。

为啥村里人都不叫你的大名冯得财。一句都不叫。王五爷说，因为一个村庄的财是有限的，你得多了别人就少得，你全得了别人就没了。当年你爷爷给你父亲起名冯富贵时，我们就知道，你们冯家太想出人头地了。谁不想富贵呀。可是村子就这么大，财富就这么多，你们家富贵了别人家就得贫穷。所以我们谁也不叫他的大名，一口冯七把他叫到老。可他还不甘心，又希望你长大得财。你想想，我们能叫你得财吗。你看刘榆木，谁叫过他的小名。他的名字不惹人。一个榆木疙瘩，谁都不眼馋。还有王木叉，为啥人家不叫王铁叉？木叉柔和，不伤人。

虚土庄没有几个人有正经名字，像冯七、王五、刘二这些有头面的人物，也都一个姓，加上兄弟排行数，胡乱地活了一辈子。他们的大名只记在两个地方：户口簿和墓碑上。

你若按着户口簿点名，念完了也没有一个人答应，好像名字下的人全死了。你若到村边的墓地走一圈，墓碑上的名字你也不认识一个。似乎死亡是别人的，跟这个村庄没一点关系。

其实呢，你的名字已经包含了生和死。你一出生，父母请先生给你起名，先生大都上了年纪，有时是王五、刘二，也可能是路过村子的一个外人。他看了你的生辰八字，捻须沉思一阵，在纸上写下两个或三个字，说，记住，这是你的名字，别人喊这个名字你就答应。

可是没人喊这个名字。你等了十年、五十年。你答应了另外一个名字。

起名字的人还说，如果你忘了自己的名字，一直往前走，路尽头一堵墙上，写着你的名字。

不过，走到那里已到了另外一个村子。被我们埋没的名字，已经叫不出来的名字，全在那里彼此呼唤，相互擦亮。而活在村里的人互叫着小名，莫名其妙地为一个小名活了一辈子。

空气中多了一个人的呼吸

那一年，一个叫唐八的人出世，天空落了一夜土，许多东西变得重起来：房顶、绳子、牛车、灯。

我早醒了一阵，天还没亮。父亲说，好睡眠是一根长绳子，能把黑夜完全捆住。那个晚上我的睡眠又短了一截子。

我又一次看见天是怎么亮的。我睁大眼睛，一场黑风从眼前慢慢刮过去，接着一场白风徐徐吹来。让人睡着和醒来的，是两种不同颜色的风。我回想起谁说过的这句话。这个村子的每个角落里都藏着一句话，每当我感受到一种东西，很快，空气中便会冒出一句话，把我的感受全说出来。

这时空气微微波动了一下，极轻微的一下。不像是鸟扇了扇翅膀，房边渠沟里一个水泡破了，有人梦中长叹一口气。我感到空气中突然多了一个人的呼吸。因为多了一个人，这片天地间的空气重新分配了一次。

如果在梦中，我不会觉察到这些。我的睡眠稍长一点，我便错过了一个人的出世。

梦见的人不呼吸我们的空气。我听见谁说过这句话，也是天快亮的时候，我从梦中醒来，一句话在枕旁等着我。

我静静躺着，天空在落土。我想听见另一句。许多东西变得重起来。我躺了一大阵子，公鸡叫了，驴叫了，狗叫了。我感觉到的一个人的出生始终没被说出来。

可能出生一个人这样平常的小事，从来没必要花费一句话去说。鸡叫一声就够了。驴叫一声，狗再叫一声，就够够的了。

可是那一天，村里像过年一样迎接了一个人的出生。一大早鞭炮从村南头一直响到村北头。我出门撒尿，看见两个人在路旁拉鞭炮，从村南开始，一棵树一棵树地用鞭炮连起来，像一根红绳子穿过村子，拉到村北头了还余出一截子。接连不断的鞭炮声把狗吓得不敢出窝，树震得簌簌直落叶子。

唐家生了七个女儿，终于等来了一个儿子。吃早饭时母亲说，今天别跑远了，有好吃的。

多少年来，这个村庄从没这样隆重地接迎一个人。唐家光羊宰了八只，院子里支了八只大锅，中午全村人被请去吃喝。每人带着自家的碗和筷子，房子里坐不下，站在院子，院子挤不下的站在路上，蹲在墙头上。狗在人中间窜来窜去，抢食人啃剩的骨头。鸡围着人脚转，等候人嘴里漏下的菜渣饭粒。那顿饭一直吃到天黑，看不见锅、看不见碗了，人才渐渐散去。

又过多少年（十三年或许八年，我记不清楚），也是在夜里，天快亮时，这个人悄然死去。空气依旧微微波动了一下，我没有醒来。我在梦中进沙漠拉柴火，白雪覆盖的沙丘清清楚楚，我能看见很远处隔着无数个沙丘之外的一片片柴火，看清那些梭梭的铁青枝干和叶子，我的牛车一瞬间到了那里。

那时我已经知道梦中的活儿不磨损农具，梦中丢掉的东西天亮前全都完好无损回到家里。梦中的牛也不耗费力气。我一车一车往家里拉柴火，梦中我知道沙漠里的柴火不多了，有柴火的地方越来越远，要翻过无数个沙包。

我醒来的一刻感到吸进嘴里的气多了一些，天开始变亮，我长大了，需要更多一点的空气，更稠一些的阳光，谁把它们及时地给予了我。我知道在我的梦中一个人已经停止呼吸，这片天地间的空气又重新分配了一次。

我静静躺着，村子也静静的。我想再等一阵，就能听见哭喊声，那是多少年前那一场热闹喜庆的回声，它早早地转返回来，就像是刚刚过去的事，人们都还没离开。

在这地方，人咳嗽一声、牛哞一声、狗吠虫鸣，都能听见来自远方的清晰回声。每个人、每件事物，都会看见自己的影子在阳光下缓缓伸长，伸到看不见的遥远处，再慢慢返回到自己脚跟。

可是那个早晨，我没等到该有的那一片哭声。我出去放牛又回来，村子里依旧像往常一样安静。

天快黑时母亲告诉我，唐家的傻儿子昨晚上死了，唐家人也没吭声，悄悄拉出去埋了。

韩老二的死

"你们都活得好好的，让我一个人死。我害怕。"

屋子里站着许多人，大多是韩老二的儿女和亲戚。我揉了揉眼睛，才看清躺在炕上的韩老二，只看见半边脸和头顶。他们围着他，脖子长长地伸到脸上望着他。

"好多人都死了，他二叔，他们在等你呢。死不是你一个人的事情。我们迟早也会死。"

说话的人是冯三。谁家死人前都叫他去。他能说通那些不愿死的人痛痛快快去死。

"……韩富贵、马大、张铁匠都死掉了。他二叔，你想通点，先走一步，给后面的人领个路。我们跟着你，少则一二十年，多则四五十年，现在活着的一村庄人，都会跟着你去。"

天暗得很快。我来时还亮亮的，虽然没看见太阳，但我知道它在那个墙后悬着，只要跳个蹦子我就能看见。

母亲塞给我一包衣服让我赶快送到韩老二家去。早晨他老婆拿来一卷黑布，说韩老二不行了，让母亲帮忙赶缝一套老衣。那布比我们家黑鸡还黑，人要穿上这么黑一套衣服，就是彻头彻尾的黑夜了。

进门时我看见漆成大红的棺材摆在院子里，用两个条凳撑着，像一辆等待客人的车。他们接过我拿来的老衣，进到另一个房子，像是怕让老人看见。人都轻手轻脚走动，像飘浮在空气里。

"都躺倒五天了，不肯闭眼。"一个女人小声地说了一句。我转过头，屋里暗得看不清人脸，却没人点灯。

"冯三，你打发走了那么多人，你说实话，都把他们打发到哪儿去了。"我正要出去，又听见韩老二有气无力的说话声。

"他们都在天上等你呢，他二叔。"

"天那么大，我到哪儿去找他们。他们到哪儿找我。"

"到了天上你便全知道了。你要放下心，先去的人，早在天上盖好了房子，你没见过的房子，能盛下所有人的房子。"

"我咋不相信呢，冯三。要有，按说我应该能看见了。我都迈进去一只脚了，昨天下午，也是这个光景，我觉得就要走进去了，我探进头里面黑黑的，咋没你们说的那些东西，我又赶紧缩头回来了。"

"那是一个过道，他二叔，你并没有真正进去。你闭眼那一瞬看见的，是一片阳间的黑，它会妨碍你一会儿，你要挺住。"

"我一直在挺住，不让自己进去。我知道挺不了多大一会儿。忙乎了一辈子，现在要死了，才知道没准备好。"

"这不用准备，他二叔，走的时候，路就出现了。宽展展的路，等着你走呢。"

我看见韩老二的头动了一下，朝一边偏过去，像要摇头，却没摇过来。

"都先忍着点，已经闭眼了。"冯三压低嗓子说，"等眼睛闭瓷实了再哭，别把上路的人再哭喊回来。"

外面全黑了。屋子里突然响起一片哭喊声。我出来的那一刻，感觉听到了人断气的声音，像一个叹息，一直地坠了下去，再没回来。

人全拥进屋子，院子里剩下我和那口棺材。路上也看不见人影。我想等一个向南走的人，跟在他后面回去。我不敢一个人上路，害怕碰见韩二叔。听说刚死掉的人，魂都在村子里到处乱转，一时半刻找不到上天的路。

我站了好一阵，看见一个黑影过来。听见四只脚走动，以为是两个人，近了发现是一头驴，韩三家的。我随在它后面往回走，走了一会儿，觉得后面有人跟着我，又不敢回头看，我紧走几步，想超到驴前面，驴却一阵小跑，离开了路，钻进那片满是骆驼刺的荒地。

我突然觉得路上空了。后面的脚步声也消失了，路宽展展的，我的脚在慌忙的奔跑中渐渐地离开了地。

"你闭着眼走吧，他二叔。该走的时候，老的也走呢，小的也走呢。

"黄泉路上无老少啊，他二叔。我们跟着你。"

冯三举一根裹着白纸的高杆子，站在棺材前，他的任务是将死人的鬼魂引到墓地。天还灰蒙蒙的，太阳出来前必须走出村子，不然鬼魂会留在村里，闹得人畜不宁。鬼魂不会闲待在空气中，他要找一个身体做寄主，或者是人，或者是牲畜。鬼魂缠住谁，谁就会发疯、犯病。这时候，冯三就会拿一根发红的桃木棍去镇邪捉鬼。鬼魂都是晚上踩着夜色升天下地，天一亮，天和地就分开了。

"双扇的院门打开了，他二叔。

"儿孙亲戚全齐了，村里邻里都来了。

"我们抬起你，这就上路。"

冯三抑扬顿挫的吟诵像一首诗，我仿佛看见鬼魂顺着他的吟诵声一直上到天上去。我前走了几步，后面全是哭声。冯三要一直诵下去，我都会跟着那个声音飘去，不管天上地下。

"把路让开啊，拉麦子的车。

"拉粪的车，拉柴火和盐的车。

"一个人要过去。"

送丧队伍经过谁家，谁家会出来一个人，随进人群里。队伍越走越长。

"……和你打过架的王七在目送你呢，他二叔。

"跟你好过的兰花婶背着墙根哭呢，他二叔。

"拴在桩上的牛在望你呢，他二叔。

"鸡站在墙角看你呢，他二叔。

"你走到了阴凉处了，一棵树、两棵树、三棵树……排着长队送你呢。

"你不会在棺材里偷着笑吧。

"我们没死过，不知道死是咋回事儿。

"你是长辈啊，我们跟着你。

"走一趟我们就学会了，不管生还是死。

"你的头已经出村了，他二叔。

"你的脚正经过最后一户人家的房子。

"我们喘口气换个肩膀再抬你，他二叔。

"炊烟升起来了，那是上天的梯子。

"你要乘着最早最有劲的那股子烟上去啊，他二叔。

"冬衣夏衣都给你穿上了。

"欠的债都清还了。

"借出去的钱也都要回来了。

"这里已经没你的事了。没你的事了，他二叔。

"早去的人都在上面等你呢，赶紧上去，赶紧上去啊，他二叔。"

已经没有路了，人群往坡上移动，灰蒿子正开着花，铃铛刺到了秋天才会"丁零零"摇响种子，几朵小兰花贴着地开着，我们就要走过，已经看见坡顶上的人，他们挖好坑在一边的土堆上坐着。

他们说你升天了，韩老二，他们骗你呢。你被放进一个坑里埋掉了。几年后我经过韩老二的坟墓，坐在一旁休息，我自言自语说了一句。

我说这句话时，突然感觉像是被谁听到了，我浑身一怵，四下里望，坡上满是坟堆，一条土路荒凉地通向坡下面的村子。

我起身往斜坡下的村子走，走了一阵听见后面有脚步声，是一个人的，我不敢回头，不由得加快脚步，我一走快，后面的脚步声便多起来，像有好多人跟着我，我步子急，后面的步子也急。

我猛地回头，什么都没有，一条土路荒凉地通向坡顶的坟地。天空晴朗朗的，那里似有缕缕熟悉的目光望下来，被我接住。

我知道刚才听见的，只是自己脚步的回声。我叹了口气，我的叹息也从坡顶回声过来，像是久已不在人世的另一个人的。

那韩老二的回声呢，他说了那么多话，走了那么多的路，他的回声哪儿去了。埋了一地的那些人的回声呢。这样想时我又觉得身后的脚步声不是我的，我加快了步子，不敢再回头。村头眼看到了，送韩老二出村时的情景又浮现在眼前。我紧赶几步，到了有人畜走动的村路中间，一下不害怕了，我回过头，后面只有几个村人的身影，寂静地走动着，没有声音也没有回声。我突然又害怕起来，觉得他们像是刚才跟我一起进村了的那些声音的寂静回声。

报复

一年冬天，被野户地人报复过的胡三回到村里，老得不成样子。他的车剩下一边轱辘，另一边由一根木棒斜撑着，在雪地上拖出一道深印子。马也跛着腿，皮包骨头。几乎散架的车排上放着几麻袋陈旧苞谷，他的车一刻不停地穿过村子。我们想跟他说句话，打声招呼，都已经来不及。

这个人许多年前跑顺风买卖时，骗过一个叫野户地的村子。那时他还很年轻，根本没想过这个村庄会报复。事情很简单，一次他路过下野地时，见那里的人正在收获一种纽扣般大而好看的果实，便停车问了一句。

"这叫蓖麻，专门榨油的。机器加上这种油能飞上天呢。"那里的人说。

人要吃了会不会飞起来呢。胡三觉得这东西不错，就买了两麻袋。原打算拉回虚土庄，半路上嚼了几粒，满口流油，味道却怪怪的，不像人吃的东西，便转手卖给了野户地。

野户地人对这种长着好看花纹、大而饱满的果实一见钟情。加上胡三介绍说，这种东西能榨油，产量高得很，一亩地能收几千公斤，便全买了下来。

第二年，野户地的田野上便长满了又高又大的蓖麻。他们从没见过这么好看高大的作物。一村人怀着兴奋与好奇，看了一夏天的蓖麻开花，在扇面大的叶子下乘了一夏天的蓖麻凉，接着在蓖麻壳"噼噼啪啪"的炸裂声中开始了收获。几乎每家都收了好几麻袋蓖麻子。

可是，这种作物的油根本不能食用，吃到嘴里味道怪不说，吃多了还肚子疼，头晕，恶心。喂牲口，牲口都不闻。

野户地人第一次遭人欺骗，他们把往年种油菜、葵花、胡麻的地全种上了不能吃的蓖麻。整个一年，村里人没有清油炒菜，做饭，家家的锅底结着一层黑煳锅巴。他们咽不下这口气，全村人聚在一起，想了一个报复胡三的办法。

办法是村会计想出来的。

会计说："我粗算了一下，这一年我们至少有三十个整劳力耗在种蓖麻上，加在一个人身上就是三十年。我们也要让胡三付出三十年时间。"

"对，胡三让我们白种一年地，我们让狗日的白活三十年。"村民们说。

210

从虚土庄到野户地，刚好一整天的路。早先人们大都以这种距离建村筑镇，天亮出发，天黑后到达另一个村庄。睡一夜，第二天早晨再启程，依旧在天黑前，远处的村庄出现在夕阳里，隐约听见狗吠、人声，闻见夕烟的味道，却不能一步踏入。总还有一截子路，走着望着天黑下来，啥都看不清时进入村子，路两旁的房子全埋入夜色，星空低贴着房顶，却照不亮那些门和窗户。月亮在离村庄十万里的地方，故意不照过来一点光亮。只有店铺的木柱上吊一盏马灯，昏昏的，被密匝匝的蚊蝇飞绕。或者根本没店铺，村子一片黑，谁家都不点灯，都知道一辆远路上的马车进村了，不会跟他们有啥关系，只是借住一宿，天一亮又上路了。谁也不愿知道过路人是谁。过路人也不清楚自己经过了怎样一座村子。守夜人那时还没醒来。每天一早一晚站在村头清点人数的那个人，也回家睡觉了，过路人像一阵风经过村子。

　　那时候，总有一些人，一座村庄一座村庄地穿越大地。许多人打算去远处生活，当他们走累了，天黑后在一片看不清的地方睡下，第二天醒来也许有人不想走了。这个村庄无缘故地多出一个人。可能晚上的一个梦使人留下来。也可能人觉得，从天亮到天黑，已经足够远。再走也是一样的，从天亮走到天黑。那时村子间大都隔一整天的路，后来人多起来，村子间又建起村子，挨得越来越近，人就很少走到天黑。处处可以留宿，没有远方了。

天黑成了一个难以到达的地方。天黑后天亮又变成难以熬到的远方。

还有时整座村庄载在马车牛车上穿越大地，家具、木头、锅碗、牛羊草料，车装得高高，人坐得高高，老远就看见一座村庄走来，所经的村子都会让开路，人躲在墙后，让人家快快过去。哪个村庄都不敢留这样的车马。连过一夜都不敢。

胡三是这些远行客中的一个，赶一辆马车，几乎走遍这片大地上所有村落。他不像那些人，走着走着被一个夜晚或村落留住，忘记最初向往的去处，忘记家。他总是走着走着就回到自己的村子。有时他还想往前走，可是，车和马已踏上回返之途。他全不知觉，一觉醒来，马车停在自家院子。

这样的日子好像没有边际，有几年胡三跑东边的买卖，拉上虚土庄的麻和麦子，到老奇台，换回盐和瓷器。另一些年他又做西边的皮货生意。他都已经忘了给野户地卖过蓖麻子的事，有一天，很偶然地，从野户地那边过来一个人，也是天黑后走进村子，敲开胡三家的门，说要买些苞谷种子。去年冬天雪落得薄，野户地的冬麦全冻死了，现在要补种苞谷，全村找不出半麻袋种子，离野户地最近的村庄是虚土庄，在虚土庄他们只认识胡三，所以求胡三帮个忙，买几麻袋苞谷种子，还先付了一笔定金，要胡三两天内务必备好货运过去。

胡三对这笔送上手的买卖自然乐意，当即备了几麻袋苞谷，第二天一早，便吆喝马车出村了。

　　两个村庄间只有一条车马路。平常少有人走。所谓车马路，就是两道车辙间夹一道牲畜蹄印，时深时浅、时曲时直地穿过荒野。胡三在这条路上走过无数次，村里还有几个跑买卖的也走这条路。都各走各的，很少遇面。胡三时常辗着自己上次留下的辙印远去，又踏着这次的马蹄印回来。

　　要是我不去走，这条路就荒掉了。

　　在村里时胡三常会想起这条路。梦见路上长满荒草。他再走不过去。那些远处的村庄都在，村里的人都在。可是，再没有路通向那里。他会着急，夜里睡不着，一次次把车赶出村子。

　　一旦走在路上他又会想些别的。路远着呢。把天下事都想完，回过神，车还在半道。天不黑他不会到达的。

　　天渐渐地黑了。前面还不见野户地的影子，胡三觉得有些不对劲。按走的路程和四周地形，野户地应该在这片梁上。往常走到这时他已能看见梁上的树和房子，听见驴鸣狗吠。可是现在，梁上光秃秃的，野户地不见了。路还在。两道深深的车辙印依旧无止境地伸向远处。只要路在，野户地就一定在前面。胡三抛了一声响鞭，装满苞谷的马车又"嘚嘚"地向前跑起来。

多少年后，胡三从虚土庄的另一面回来，衣衫褴褛，挥着一根没有鞭绳的光鞭杆，"驾驾"地叫喊着进了村子。人们这才想起胡三这个人，依稀记得好多年前他装一车苞谷，从村南边出去，怎么从村北边回来了，都觉得奇怪。想凑过去说说话，却已经来不及。他的马车一刻不停地穿过村庄。

胡三经过的那片土梁，正是野户地。以前路从村子中穿过去，路边两排大榆树，高低不一的土房子沿路摆开。那些房子，随便地扔在路边，一家和一家也不对齐。有的面朝南，有的背对着路，后墙上开一个小得塞不进人头的小窗户。村里的人也南腔北调，像是胡乱地住在一起。很早前路边也许只一两户人家。后来一些走远路的人，在这过一夜不想动了，盖房子，开地，生儿育女。村子就这样成形了。胡三在这个村里留宿过几夜，也在白天逗留过。他对野户地没有多少好感。这些天南海北的人，凑在一起，每户一种口音风俗。每人一种处事方法和态度。很难缠。每户人家都像一个村子。他们不会团结在一起干一件大事。胡三想。这个村庄迟早会散掉。像一棵树上的叶子飘散在荒野。

胡三没有想到，这个村庄恰恰因为他做的一件事团结在一起。就在他来送苞谷的这一天，野户地人全体出动，把所有房子推倒，树砍掉，留有他们生活痕迹的地方全部用土埋掉，上面插上野草。为了防止出声，鸡嘴用线绑住，狗嘴用一块骨头堵住，驴马羊的嘴全用青草塞住。全村人深藏地下，屏声静气，听一辆马车从头顶隆隆地驶过去。越走越远。直到他们认为胡三和他的马车再回不来，才一个个从土里钻出来。

他们把胡三的目的地拆除了。

这个人和他的车，将没有目的地走下去。

正如野户地人预料的那样，胡三总以为野户地在前面，不住地催马前行，野户地却一直没有出现。天黑以后，胡三对时间就没有了感觉，他只觉得马在走，车在动，路在延伸。星光下路两边是一样的荒野。长着一样的草和树木，一模一样的沟和梁。

然后时间仿佛加快了，一会儿工夫，天黑了又黑了。天黑之后还是天黑。荒野过去还是荒野。要去的地方不见了。胡三想把马车停住，掉头回去，却已经不可能。他的马车行到一个没有边际的大下坡上。

那以后，在许多人的记忆中，这个人一次次地经过虚土庄，有时在白天，远远看见他的马车扬起一路沙尘向村子驶近。有时在半夜，听见他吆喝马的声音，和马蹄车轮声响亮地穿过村子。他的车马仿佛无法停住。仿佛他永远在一个没有目的地的大下坡上奔跑。人们看他来了，在路上挖坑堆土都挡不住他。大声喊他的名字，他的家人孩子在路旁招手也不能使他留住。他一阵风一样经过虚土庄子，像他经过任何一片荒野时一样，目不斜视，双眼直视前方，根本看不见村里人，听不见人们的声音。

又过了多少年，是个春天。这个人从村西边回来，手里举着根鞭杆，声音嘶哑地吆喝着。却看不见他的车和马。这一次，他再没有往前走，仿佛那辆看不见的马车在村子里陷住了，他没日没夜地喊叫，使劲抽打着空气中看不见的一匹马。人们睡着，又被叫醒。谁都不知道他的车陷在什么地方，谁也没办法帮他。

刘二爷说，这个人走遍了整个世界，他的马和车被一片大地陷住了。那匹马头已经伸到天外，四蹄在云之间腾飞。可是，他的车还在这片土地上。

我们不要以为，他的车被远方的一片小泥潭陷住，他回来找我们帮忙。

我们帮不了他。

他每次经过，都看见我们一村人陷在虚土中，拔不出一只脚。他一声声吆喝的，或许是这座虚土中的村庄。

他沿途打问那个跑掉的村子。没有人知道。他走过的路旁长满高大蓖麻，又开花又结子，无边无际。他不清楚那个叫野户地的村庄跑哪儿去了。车上的苞谷种子早已霉烂变质。后来车也跑散架了，马也累死了，一车的苞谷洒落荒野，没有一粒发芽。

而报复了胡三的野户地村，多少年来也做着同样一件事，不管春夏秋冬，农忙农闲，村里总有一些人，耳朵贴地，一刻不停地倾听，只要有隆隆的马车声驶向村子，他们便立马把所有房子拆了，墙推倒，长起来的树砍掉，成片的庄稼用土埋住。一村人藏在地下，耳朵朝上，像第一次骗胡三时一样，听那辆已经摔破的马车，"隆隆"地从头顶过去。听胡三吆喝马的声音。

　　"这家伙又苍老了许多。"

　　"他又被我们欺骗了一次。"

　　他们暗暗发笑。等马车声远去，他们从地下钻出来，盖房子，栽树。把埋掉的庄稼和路清理出来。

最后的铁匠

　　铁匠比那些城外的农民，更早地闻到麦香。在库车，麦芒初黄，铁匠们便打好一把把镰刀，等待赶集的农民来买。铁匠赶着季节做铁活儿，春耕前打犁铧、铲子、刨锄子和各种农机具零件，麦收前打镰刀。当农民们顶着烈日割麦时，铁匠已转手打制他们刨地挖渠的坎土曼了。

　　铁匠们知道，这些东西打早了没用。打晚了，就卖不出去，只有挂在墙上等待明年。

　　吐尔洪·吐迪是这个祖传十三代的铁匠家庭中最年轻的小铁匠。他十三岁跟父亲学打铁，今年二十四岁。成家一年多了，有个不到一岁的儿子。吐尔洪说，他的孩子长大后说啥也不让他打铁了，教他好好上学，出来干别的去。吐尔洪说他当时就不愿学打铁，父亲却硬逼着他学。打铁太累人，又挣不上钱。他们家打了十几代铁了，还住在这些破烂房子里，他结婚时都没钱盖一间新房子。

吐尔洪的父亲吐迪·艾则孜也是十二三岁学打铁。他父亲是库车城里有名的铁匠，一年四季，来订做铁器的人络绎不绝。那时的家境比现在稍好一些，妇女们在家做饭、看管孩子，从不到铁匠炉前去干活儿。父亲的一把锤子养活一家人，日子还算过得去。吐迪也是不愿跟父亲学打铁，没干几天就跑掉了。他嫌打铁锤太重，累死累活挥半天才挣几块钱，他想出去做买卖。父亲给了他一点钱，他买了一车西瓜，卸在街边叫卖。结果，西瓜一半是生的，卖不出去。生意做赔了，才又垂头丧气回到父亲的打铁炉旁。

父亲说，我们就是干这个的，祖宗给我们选了打铁这一行都快一千年了，多少朝代灭掉了，我们虽没挣到多少钱，却也活得好好的。只要一代一代把手艺传下去，就会有一口饭吃。我们不干这个干啥去。

吐迪就这样硬着头皮干了下来，从父亲手里学会了打制各种农具。父亲去世后，他又把手艺传给四个弟弟和一个妹妹。他们又接着往下一辈传。如今在库车老城，他们家族共有十几个打铁的。吐迪的两个弟弟和一个侄子，跟他同在沙依巴克街边的一条小巷子里打铁，一人一个铁炉，紧挨着。吐迪和儿子吐尔洪的炉子在最里边，两个弟弟和侄子的炉安在巷口，一天到晚炉火不断，铁锤"叮叮当当"。吐迪的妹妹在另一条街上开铁匠铺，是城里有名的女铁匠，善做一些小农具，活儿做得精巧细致。

吐迪说他儿子吐尔洪坎土曼打得可以，打镰刀还不行，欠点儿功夫。铁匠家有自己的规矩，每样铁活儿都必须学到师傅满意了，才可以另立铁炉去做活儿。不然学个半吊子手艺，打的镰刀割不下麦子，那会败坏家族的荣誉。吐迪是这个家族中最年长者，无论说话还是教儿子打镰刀，都一脸严肃。他今年五十六岁，看上去还很壮实。他正把自己的手艺一样一样地传给儿子吐尔洪·吐迪。从打最简单的马黄钉，到打坎土曼、镰刀，但吐迪·艾则孜知道，有些很微妙的东西，是无法准确地传给下一代的。铁匠活儿就这样，锤打到最后越来越没力气。每一代间都在失传一些东西。比如手的感觉，一把镰刀打到什么程度刚好。尽管手把手地教，一双手终究无法把那种微妙的感觉传给另一双手。

还有，一把镰刀面对广阔的田野，各种各样的人。每一把镰刀都会不一样，因为每一只用镰刀的手不一样，每只手的习惯不一样。打镰刀的人，靠一双手，给千万只不一样的手打制如意家什。想到远近田野里埋头劳作的那些人，劲儿大的、劲儿小的，女人、男人、孩子……铁匠的每一把镰刀，都针对他想到的某一个人。从一块废铁烧红，落下第一锤，到打成成品，铁匠心中首先成形的是用这把镰刀的那个人。在飞溅的火星和"叮叮当当"的锤声里，那个人逐渐清晰，从远远的麦田中直起身，一步步走近。这时候铁匠手中的镰刀还是一弯扁铁，但已经有了雏形，像一个幼芽刚从土里长出来。铁匠知道它会长成怎样的一把大弯镰，铁匠的锤从那一刻起，变得干脆有力。

这片田野上，男人大多喜欢用大弯镰，一下搂一大片麦子，"嚓"的一声割倒。大开大合的干法。这种镰刀呈抛物线型，镰刀从把手伸出，朝后弯一定幅度，像铅球运动员向后倾身用力，然后朝前直伸而去，刀刃一直伸到用镰者性情与气力的极端处。每把大镰刀又都有微小的差异。也有怜惜气力的人，用一把半大镰刀，游刃有余。还有人喜欢蹲着干活儿，镰刀小巧，一下搂一小把麦子，几乎能数清自家地里长了多少棵麦子。还有那些妇女，用耳环一样弯弯的镰刀，搂过来的每株麦穗都不会撒失。

打镰刀的人，要给每一只不同的手准备镰刀，还要想到左撇子、反手握镰的人。一把镰刀用五年就不行了，坎土曼用七八年。五年前在这儿买过镰刀的那些人，今年又该来了，还有那个短胳膊买买提，五年前订做过一只长把子镰刀，也该用坏了。也许就这一两天，他正筹备一把镰刀的钱呢。这两年棉花价不稳定，农民一年比一年穷。麦子一公斤才卖几毛钱，割麦子的镰刀自然卖不上好价。七八块钱出手，就算不错。已经好几年，一把镰刀卖不到十块钱。什么东西都不值钱，杏子一公斤四五毛钱。卖两筐杏子的钱，才够买一把镰刀。因为缺钱，一把该扔掉的破镰刀也许又留在手里，磨一磨再用一个夏季。

不论什么情况，打镰刀的人都会将这把镰刀打好，挂在墙上等着。不管这个人来与不来。铁匠活儿不会放坏。一把镰刀只适合某一个人，别人不会买它。打镰刀的人，每年都剩下几把镰刀，等不到买主。它们在铁匠铺黑黑的墙壁上，挂到明年，挂到后年，有的一挂多年。铁匠从不轻易把他打的镰刀毁掉重打，他相信走远的人还会回来。不管过去多少年，他曾经想到的那个人，终究会在茫茫田野中抬起头来，一步一步向这把镰刀走近。在铁匠家族近一千年的打铁历史中，还没有一把百年前的镰刀剩到今天。

只有一回，吐迪的太爷撑锤时，给一个左撇子打过一把歪把大弯镰。那人交了两块钱定金，便一去不回。吐迪的太爷打好镰刀，等了一年又一年，等到太爷下世，吐迪的爷爷撑锤，他父亲跟着学徒时，终于等来一个左撇子，他一眼看上那把镰刀，二话没说就买走了。这把镰刀等了整整六十七年，用它的人终于又出现了。

在那六十七年里，铁匠每年都取下那把镰刀敲打几下。打铁的人认为，他们的敲打声能提醒远近村落里买镰刀的人。他们时常取下找不到买主的镰刀敲打几下，每次都能看出一把镰刀的欠缺处：这个地方少打了两锤，那个地方敲偏了。手工活儿就是这样，永远都不能说完成，打成了还可打得更精细。随着人的手艺进步和对使用者的认识理解不同，一把镰刀可以永远地敲打下去。那些锤点，落在多少年前的锤点上。"叮叮当当"的锤声，在一条窄窄的胡同里流传，后一声追赶着前一声。后一声仿佛前一声的回音。一声比一声遥远、空洞。仿佛每一锤都是多年前那一锤的回声,一声声地传回来,沿我们看不见的一条古老胡同。

吐迪·艾则孜打镰刀时眼皮低垂,眯成细细弯镰的眼睛里,只有一把逐渐成形的镰刀。儿子吐尔洪就没这么专注了,手里打着镰刀,心里不知道想着啥事情,眼睛东张西望。铁匠炉旁一天到晚围着人,有来买镰刀的,有闲得没事看打镰刀的。天冷了还是烤火的好地方,无家可归的人,冻极了挨近铁匠炉,手伸进炉火里燎两下,又赶紧塞回袖筒赶路去了。

麦收前常有来修镰刀的乡下人,一坐大半天。一把卖掉的镰刀,三五年后又回到铁匠炉前,用得豁豁牙牙,木把也松动了。铁匠举起镰刀,扫一眼就能认出这把是不是自己打的。旧镰刀扔进炉中,烧红、修刃、淬火,看上去又跟新的一样。修一把旧镰刀一两块钱,也有耍赖皮不给钱的,丢下一句好话就走了,三五年不见面,直到镰刀再次用坏。一把镰刀顶多修两次,铁匠就再不会修了。修好一把旧镰刀,就等于少卖一把新的。

吐迪家的每一把镰刀上,都留有自己的记痕。过去三十年五十年,甚至一二百年,他们都能认出自己家族打制的镰刀。那些记痕留在不易磨损的镰刀臂弯处,像两排月牙形的指甲印,千年以来他们就这样传递记忆。每一代的印记都有所不同,一样的月牙形指甲印,在家族的每一个铁匠手里排出不同的形式。没有具体的图谱记载每一代祖先打出的印记是怎样的形式。这种简单的变化，过去几代人数百年后，肯定会有一个后代打在镰刀弯臂上的印记与某个祖先的完全一致，冥冥中他们叠合在一起。那把千年前的镰刀，又神秘地、不被觉察地握在某个人手里。他用它割麦子、割草、芟树枝、削锨把儿和鞭杆……千百年来，就是这些永远不变的事情在磨损着一把又一把镰刀。

打镰刀的人把自己的年年月月打进黑铁里，铁块烧红、变冷再烧红，锤子落下、挥起再落下。这些看似简单，千年不变的手工活儿，也许一旦失传便永远地消失了，我们再不会找回它。那是一种生活方式。它不仅仅是架一个打铁炉，掌握火候，把一块铁打成镰刀这样简单的一件事。更重要的是打铁人长年累月，一代一代积累下来的那种心理。通过一把镰刀对世界人生的理解与认识，到头来真正失传的是这些东西。

吐尔洪·吐迪家的铁匠铺，还会一年一年敲打下去。打到他跟父亲一样的年岁还有几十年时间呢，到那时不知生活变成什么样子。他是否会像父亲一样，虽然自己当初不愿学打铁，却又硬逼着儿子去学这门累人的笨重手艺。在这段漫长的铁匠生涯中，一个人的想法或许会渐渐地变得跟祖先一样古老。不管过去多少年，社会怎样变革，我们总会在一生的某个时期，跟远在时光那头的祖先们，想到一起。

吐尔洪会从父亲吐迪那里，学会打铁的所有手艺，他是否再往下传，就是他自己的事了。那片田野还会一年一年地生长麦子，每家每户的一小畦麦地，还要用镰刀去收割。那些从铁匠铺里，一锤一锤敲打出来的镰刀，就像一弯过时的月亮，暗淡、古老、陈旧，却永不会沉落。

托包克游戏

吐尼亚孜给我讲过一种他年轻时玩的游戏——托包克。游戏流传久远而广泛，不但青年人玩，中年人、老年人也在玩。因为游戏的期限短则二三年，长则几十年，一旦玩起来，就无法再停住。有人一辈子被一场游戏追逐，到老都不能脱身。

托包克游戏的道具是羊腿关节处的一块骨头，叫羊髀矢，像色子一样有六个不同的面，常见的玩法是打髀矢，两人、多人都可玩。两人玩时，你把髀矢立在地上，我抛髀矢去打，打出去三脚远这块髀矢便归我。打不上或没打出三脚，我就把髀矢立在地上让你打，轮回往复。从童年到青年，几乎每个人都拥有过一书包各式各样的羊髀矢，染成红色或蓝色，刻上字。到后来又都输得精光，或丢得一个不剩。

另一种玩法跟掷色子差不多。一个或几个髀矢同时撒出去，看落地的面和组合，髀矢主要的四个面分为窝窝、背背、香九、臭九，组合好的一方赢。早先好赌的人牵着羊去赌髀矢，围一圈人，每人手里牵着根绳子，羊跟在屁股后面，也伸进头去看。几块羊腿上的骨头，在场子里抛来滚去，一会儿工夫，有人输了，手里的羊成了别人的。

托包克的玩法就像打髀矢的某个瞬间被无限延长、放慢，一块抛出去的羊髀矢，在时间岁月中飞行，一会儿窝窝背背，一会儿臭九香九，那些变幻人很难看清。

吐尼亚孜说他玩托包克，输掉了五十多只羊。吐尼亚孜是库车城里有点名气的铜匠兼木卡姆歌手，常受邀演出木卡姆，也接触过上层社会里一些有脑子的人。他的托包克游戏，便是跟一个有脑子的人一起玩的。在他们约定的四十年时间里，那个跟他玩托包克的人，只给了他一小块羊骨头，便从他手里牵走了五十多只羊。

真是小心翼翼、紧张却有趣的四十年。一块别人的羊髀矢，藏在自己腰包里，要藏好了，不能丢失，不能放到别处。给你髀矢的人一直暗暗盯着你，稍一疏忽，那个人就会突然站在你面前，伸出手：拿出我的羊髀矢。你若拿不出来，你的一只羊就成了他的。若从身上摸出来，你就赢他的一只羊。

托包克的玩法其实就这样简单。一般两人玩，请一个证人，商量好，我的一块羊髀矢，刻上记号交给你。在约定的时间内，我什么时候要，你都得赶快从身上拿出来，拿不出来，你就输，拿出来，我就输。

关键是游戏的时间。有的定两三年，有的定一二十年，还有定五六十年的。在这段漫长的相当于一个人半生甚至一生的时间里，托包克游戏可以没完没了地玩下去。

吐尼亚孜说他遇到真正玩托包克的高手了，要不输不了这么多。

第一只羊是他们定好协议的第三天输掉的，他下到库车河洗澡，那个人游到河中间，伸出手要他的羊髀矢。

输第二只羊是他去草湖割苇子。那时他已有了经验，在髀矢上系根皮条，拴在脚脖上。一来迷惑对方，使他看不见髀矢时，贸然地伸手来要；二来下河游泳也不会离身。去草湖割苇子要四五天，吐尼亚孜担心髀矢丢掉，便解下来放在房子里，天没亮就赶着驴车去草湖了。回来的时候，他计算好到天黑再进城，应该没有问题。可是，第三天中午，那个人骑着毛驴，在一人多深的苇丛里找到了他，问他要那块羊髀矢。

第三只羊咋输的他已记不清了。输了几只之后，他就想方设法要赢回来，故意露些破绽，让对方上当。他也赢过那人两只羊，当那人伸手时，他很快拿出了羊髀矢。可是，随着时间推移，吐尼亚孜从青年步入中年。有时他想停止这个游戏，又心疼输掉的那些羊，老想着扳本儿。况且，没有对方的同意，你根本就无法擅自终止，除非你再拿出几只羊来，承认你输了。有时吐尼亚孜也不再把年轻时随便玩的这场游戏当回事儿了，甚至一段时间，那块羊髀矢放哪儿了他都想不起来。结果，在连续输掉几只肥羊后，他又在家里的某角落找到了那块羊髀矢，并且钻了个孔，用一根细铁链牢牢拴在裤腰带上。吐尼亚孜从那时才清楚地认识到，那个人可是认认真真在跟他玩托包克。尽管两个人的青年已过去，中年又快过去，那个人可从没半点儿跟他开玩笑的意思。

有一段时间，那个人好像装得不当回事儿了。见了吐尼亚孜再不提托包克的事，有意把话扯得很远，似乎他已忘了曾经给过吐尼亚孜一块羊髀矢。吐尼亚孜知道那人又在耍诡计，麻痹自己。他也将计就计，髀矢藏在身上的隐秘处，见了那人若无其事。有时还故意装得心虚紧张的样子，就等那人伸出手来，向他要羊髀矢。

那人似乎真的遗忘了，一年、两年、三年过去了，都没向他提过羊髀矢的事，吐尼亚孜都有点绝望了。要是那人一直沉默下去，他输掉的几十只羊，就再没机会赢回来了。

那时库车城里已不太兴托包克游戏。不知道小一辈人在玩什么，他们手上很少看见羊髀矢，宰羊时也不见有人围着抢要那块腿骨，它和羊的其他骨头一样随手扔到该扔的地方。扑克牌和汉族人的麻将成了一些人的热手爱好，打托拉斯、跑得快、诈金花、看不吃、自摸和。托包克成了一种不登场面的隐秘游戏。只有在已成年或正老去的一两代人中，这种古老的玩法还在继续。磨得发亮的羊髀矢在一些人身上隐藏不露。在更偏远的农牧区，靠近塔里木河边的那些小村落里，还有一些孩子在玩这种游戏，一玩一辈子，那种快乐和担惊受怕我们无法体会。

随着年老体弱，吐尼亚孜的生活越来越不好过，儿子长大了，没地方去挣钱，还跟没长大一样需要他养活。而他自己，除了偶尔被人请去唱一场木卡姆，给个小红包，再就是花一礼拜时间打一只铜壶，卖几十块钱，也再没挣钱的地方了。

这时他就常想起输掉的那几十只羊，要是不输掉，养到现在，也一大群了。想起跟他玩托包克的那个人，因为赢去的那些羊，他已经过上好日子，整天穿戴整齐，出入上层场所，已经很少走进这些老街区，来看以前的朋友了。

有时吐尼亚孜真想去找到那个人，向他说，求求你了，快向我要你的羊髀矢吧，但又觉得不合时宜。人家也许真的把这件早年游戏忘记了，而吐尼亚孜又不舍得丢掉那块羊髀矢，他总幻想着那人还会向他伸出手来。

吐尼亚孜和那个人长达四十年的托包克游戏，在一年前的秋天终于到期了。那个人带着他们当时的证人，一个已经胡子花白的老汉来到他家里，那是他们少年时的同伴，为他们做证时还是嘴上没毛、十六七岁的小伙子。三个人回忆了一番当年的往事，证人说了几句公证话，这场游戏嘛就算吐尼亚孜输了。不过，玩嘛，不要当回事儿，想再玩还可以再定规矩重新开始。

吐尼亚孜也觉得无所谓了。玩嘛，什么东西玩几十年也要花些钱，没有白玩儿的事情。那人要回自己的羊髀矢，吐尼亚孜从腰带上解下来，那块羊髀矢已经被他玩磨得像玉石一样有光泽。他都有点舍不得给他，但还是给了。那人请他们吃了一顿抓饭烤包子，算是对这场游戏圆满结束的庆祝。

为啥没说出这个人的名字，吐尼亚孜说，他考虑到这个人就在老城里，年轻时很穷，现在是个有头面的人物，光羊就有几百只，雇人在塔里木河边的草湖放牧。而且，他还在玩着托包克游戏，同时跟好几个人玩。在他童年结束，刚进入青年的那会儿，他将五六块刻有自己名字的羊髀矢，给了城里的五六个人，他同时还接收了别人的两块羊髀矢。游戏的时间有长有短，最长的定了六十年，到现在才玩到一半。对于那个人，吐尼亚孜说，每块羊髀矢都是他放出去的一群羊，它们迟早会全归到自己的羊圈里。

在这座老城，某个人和某个人，还在玩着这种漫长古老的游戏，别的人并不知道。他们衣裤的小口袋里，藏着一块有年有月的羊髀矢。在他们年轻不太懂事的年龄，凭着一时半会儿的冲动，随便捡一块羊髀矢，刻上名字，就交给了别人。或者不当回事儿地接收了别人的一块髀矢，一场游戏便开始了，谁都不知道游戏会玩到什么程度。青年结束了，游戏还在继续。中年结束了，游戏还在继续。

生活把一同长大的人们分开，让他们各奔东西，做着完全不同的事。一些早年的伙伴，早忘了名字相貌。青年过去，中年过去，生活被一段一段地埋在遗忘里。直到有一天，一个人从远处回来，找到你，要一块刻有他名字的羊髀矢，你怎么也想不起来，他提到的证人几年前便已去世。他说的几十年前那个秋天，你们在大桑树下的约定仿佛是一个跟自己毫无关系的故事。你在记忆中找不到那个秋天，找不到那棵大桑树，也找不到眼前这个人的影子，你对他提出的给一只羊的事更是坚决不答应。那个人只好起身走了。离开前给你留了一句话：哎，朋友，你是个赖皮，亲口说过的事情都不承认。

你的自尊心受到了伤害。白天心神不宁，晚上睡不着觉，整夜整夜地回忆往事。过去的岁月多么辽阔啊，你差不多把一生都过掉了，它们埋在黑暗中，你很少走回来看看。你带走太阳，让自己的过去陷入黑暗，好在回忆能将这一切照亮。你一步步返回的时候，那里的生活一片片地复活了。终于，有一个时刻，你看见那棵大桑树，看见你们三个人十几岁的样子，看见一块羊髀矢被你接在手里。一切都清清楚楚了。你为自己的遗忘羞愧、无脸见人。

第二天，你早早地起来，牵一只羊，给那个人送过去。可是，那人已经走了。他生活在他乡远地，他对库车的全部怀念和记忆，或许都系在一块童年的羊髀矢上，你把他一生的念想全丢掉了。

还有什么被遗忘在成长中了，在我们不断扔掉的那些东西上，带着谁的念想，和比一只羊更贵重的誓言承诺。生活太漫长，托包克游戏在考验着人们日渐衰退的记忆。现在，这种游戏本身也快被人遗忘了。

树倒了

砍树

"嚓、嚓"的砍树声劈进人的脑子里。斧头在砍村里的一棵树，砍树声在劈人脑子里的一棵树。被砍的杨树有一百多岁了。一百多岁就是活老三代人的年月。老额什丁当村长的时候，这棵树中间就死掉了，只有树皮在活，死掉的树心一点点变空，里面能钻进去孩子。过了好些年，亚生当村长那时，杨树的一半死了，一半还活着。再过了些年，石油卡车开进村子，村边荒野上打出石油，杨树的另一半也死了。死了的杨树还长在那里，冬天和别的树一样，秃秃的。春天就区别开来。

为啥死树一直没砍掉。因为这棵树和买买提的名字连在一起。阿不旦村五百三十一口人，有七十三个买买提。怎么区别呢。只有给每个买买提起一个外号。大杨树底下的买买提就叫大杨树买买提。住在大渠边的买买提叫大渠买买提。家里有骡子的叫骡子买买提。没洋岗子[1]的买买提叫光棍买买提，后来又娶了洋岗子就叫以前的光棍买买提。老早前有一个买买提去过一趟乌鲁木齐，回来老说乌鲁木齐的事，大家就把他叫乌鲁木齐买买提。

老杨树刚死时就有人要砍，村长亚生没同意。

"那不仅是一棵树，它和一个人的名字连在一起。只要杨树买买提活着，这棵树就不能动。"

前年杨树买买提死了，活了七十七岁。

杨树买买提的儿子艾肯找到亚生村长，要砍这棵树。

"你父亲才死，你就等不及，要把和他老人家名字连在一起的树砍掉。"

"我怕被别人砍了，树长在我们家门前，又和我爸爸名字连在一起，我们想要这棵树。"

"那你也要等两年，好让你父亲在那边住安稳了。砍树声会把他老人家吵醒的。"

今年杨树买买提的儿子又找村长。

村长说："树是公家的，要作个价。"

"那你作价吧。"

"树干空了，但做驴槽是最好的，上面两个支干可以当椽子，就定两根椽子的价，四十块钱吧。"

1　洋岗子：维吾尔语，"已婚妇女、老婆"的意思。

"有一个支干不直，一个长得不匀称，小头细细的，当不成椽子，顶多搭个驴圈棚。"

"这么大一棵树，砍倒三个驴车拉不走，卖柴火都卖八十块钱，我看在你是大杨树买买提的儿子，就算了半价，你赶快把钱交了去砍吧，别人知道了，一百块钱都有人要。"

杨树买买提的大儿子艾肯带着自己的儿子开始砍树。父子俩，一个五十岁，一个二十五岁。两个人年龄加起来，是大杨树年龄的一半。站在杨树下，像树不经意长出的两个小木疙瘩。

砍树的声音把半村庄人招来了。

这是村里长得最老的一棵杨树，年龄不算最大，村里好多桑树、杏树，都比它年龄大得多，都活得好好的，每年结桑子、结杏子。杨树啥都不结，每年长叶子落叶子，它的命到了。一棵死树看上去比所有树都老。它活着的时候，年龄没有别的树大，它一死，就是最大最老的，它都老死了，谁能比过它。

三个厉害东西

砍树的斧头是借库半家的钢板斧，那是村里最厉害的一把斧头，用卡车防震钢板打的，一拃半宽的刃，两拃长的斧背。遇到砍大树的活儿，树太粗下不了锯，都得请出这把斧头来。村里好多大树都是这把斧头放倒的。不白用，还斧头时，顺便带一截木头梢，算是礼节，就像借用了人家的驴，还回去时驴背上搭一捆青草。

除了斧头，还借来老乌普家的绳子，砍之前，艾肯把绳子一头拴在儿子的腰上，儿子爬到树半腰，快到有鸟窝的地方，把绳子绑到树上。

阿不旦村有三件厉害东西，一下用了两件。三件厉害东西除了库半家的斧头、老乌普家的绳子，还有会计家的锅。

老乌普家的绳子有几十米长，胳膊粗。据乌普自己说，是从一辆卡车上掉下来的。怎么掉下来的呢？老乌普说，他们家房后的马路上有一块黑石头，一天卡车过去的时候颠了一下，一堆绳子掉下来。有人说公路上的黑石头是乌普自己放的，石头和路一个颜色，汽车不注意，乌普天天坐在后墙根，看路上过汽车。多少年来那块石头帮他从汽车上颠下好多好东西，绳子只是其中一个。老乌普把绳子割了一大半，拿到巴扎上卖了，剩下的三十米还是村里最长最结实的。驴车拉一般的东西时，根本用不上它，只有四轮拖拉机拉麦捆子，拉干草和苞谷秆时，能用上。乌普家没有拖拉机，那些有拖拉机的人家都没有这么长的绳子，就借乌普家的。绳子还回来时，乌普把绳子重新盘一次，盘够三十圈，打个结，挂到里屋房梁上。

会计家的大锅是大集体时给全村人做饭用的，包产到户分集体财产，铁锅作了一只羊的价，会计少要了一只羊，把大铁锅搬回家。到现在，他的大铁锅不知把多少只羊挣了回来，村里谁家结婚、割礼、丧葬，都会用他的大铁锅做抓饭，用完还锅时，最少也会端一盘子抓饭，上面摆几块好肉。好几十公斤的铁锅，将来用坏了，卖废铁也是不少一笔钱。

大铁锅配有两个铁锨一样的大锅铲，是铁匠吐迪早年打制的，做抓饭时一边站一人，用大锅铲翻里面的米和肉。

杨树买买提不在时，家里人就用这口大铁锅做的抓饭，一只大肥羊，八十公斤大米，一百公斤胡萝卜，四十公斤皮牙子，十公斤清油，锅还没装满，不过已经让全村人吃饱了。

眼睛

砍树的声音把艾肯的儿子吓住了，每砍一斧头，都像一个老人叫唤一声。儿子不敢砍了。他听到爷爷病死前的哎哟声，那个从爷爷苍老空洞的肺腔里发出的声音，跟斧头落下时杨树的叫声一模一样。爷爷就是这样哎哟吭哧地叫唤了五天五夜，死掉了。

"我们不砍了吧，砍倒也没啥用处。让它长着去吧。"儿子说。

"我们钱都交了。"父亲艾肯说。

半村人围到大杨树旁，帮忙砍的人也多，那些年轻人、中年人，都想挽了袖子露两下。尤其用的是库半家的大板斧，好多人没机会摸它呢。砍树变成抢斧头表演，等到人们都过完砍树的瘾，剩下的就是父子两人的活儿了。

几个老头坐在墙根远远看，看见自己的孩子围过去，喊过来骂一顿，撵回去。老人说，老树不能动，树过了一百年，死活都成精了。和爷爷一起长大的树，都是树爷爷。杨树六年成橼子，二十年当檩子，杨树就这两个用处。锯成板子做家具不行，不结实，会走形。过三十年四十年，杨树里面就空了。一棵爷爷栽的杨树，父亲没砍，孙子就不再动了。父亲在儿子出生后，给他栽一些树，长到二十几岁结婚时，刚好做檩子，盖新房，娶媳妇。父亲栽的树儿子不会全用完，留下一两棵，长到孙子长大。一棵树要长到足够大，就一直长下去，长到老死。死了也一样长着，给鸟落脚、筑窝。砍倒只能当烧柴。或者扔到墙根，没人管朽掉。还不如让树长着，长着也不占地方。

树耳

大杨树五十岁时，树心朽了，那时杨树就不想活了。一棵树心死了是什么滋味，人哪能知道，树从最里面的年轮一圈一圈往外朽、坏死。朽掉的木渣被蚂蚁搬出来，冬天风刮进树心里，透心寒。玩耍的孩子钻进树心，让空心越来越大。树一开始心疼自己朽掉的树心，后来朽得没心了，不知道心疼了。树也不想死和活的事。树活不好也没办法死，树不会走，不像人，不想活了走到河边跳进去，树在一百年里见过多少跳河的人，树也记不清。

跳河的多半是男人，女人不想活了也不敢跳河，河里水急，人下去就找不见。女人寻短见的方式是跳井。大杨树旁边的院子就有一口井，树走不过去，走过去也跳不进去，跳进去也淹不死。树也不能走到公路上让车碰死。车疯跑过来碰过树，开车的人死了，树没死，碰掉一块皮。树也没法喝农药把自己药死。这些年跳河跳井的人少了，上吊的人也少了，喝农药死的人多起来。好多喝农药死的人最后都后悔了，因为农药的味道像饮料一样好喝，只有喝下去才知道有多难受。树上也打过农药，药死的全是虫子。多半虫子是树喜欢的、离不开的，都药死了。树闭住眼睛，半死不活地又过了几十年，有些年长没长叶子，树都忘了。

早年树上有鸟窝，住着两只黑鸟。叫声失惊倒怪的，啊啊地叫，像很夸张的诗人。树在鸟的啊啊声里长个子、生叶子，后来树停住生长了，只是活着，高处的树梢死了，有的树枝也死了，没死的树枝勉强长些叶子，不到秋天早早落光。鸟看树不行了，也早早搬家。鸟知道树一死，人就会砍倒树。

树上蚂蚁比以前多了，蚂蚁排着队，爬到树梢，翻过去，又从另一边回来。蚂蚁在树干上练习队形。蚂蚁不需要找食吃，树就是蚂蚁的食物。蚂蚁把朽了的树心吃了，耐心等着树干朽掉。蚂蚁从朽死的树根钻到地下，又从朽空的树干钻到半空中。

鸟落在树上吃蚂蚁。蚂蚁不害怕，鸟站在蚂蚁的长队旁，捡肥大的蚂蚁吃，一口叼一个，有时一口两个三个。蚂蚁管都不管，队形不乱，一个被叼走，下一个马上补上，蚂蚁知道鸟吃不光自己，蚂蚁的队伍长着呢，从树根到树梢，又从树梢连到树根，川流不息。

大杨树有三条主根，朝南的一条先死了。朝北的一条跟着死了。剩下朝西的一条根。那时候树干的多一半已经枯死，剩余的勉强活了两年也死了。朝西的树根不知道外面的树干死了。树干也不知道自己死了，还像以前一样站着，它浑身都是开裂的耳朵，却没有一只眼睛。它看不见。

有几个夏天，它听到头顶周围的树叶声，以为是自己的叶子在响。它要有一只眼睛，朝上看一下，就知道自己死了。可是，它没有眼睛，所有开裂的口子都变成耳朵。它是一棵闭住眼睛倾听的树。一百年来村里的所有声音它都听见了，却没有听到自己的死亡。树的死亡没有声音。人死了有声音。亲人在哭，人死前自己也哭。树下的杨树买买提临死前就经常在夜里哭，哭声只有大白杨树听见。哭是这个人最后能做的一点事情，他放开在哭，眼泪敞开流，泪哭干，嗓子哭哑的时候，气断了，眼睛知道气断了，惊愕地瞪了一下，闭上了。树听到那个人闭眼睛的声音，房顶塌下来一样。

树的耳朵里村子的声音一点没少，它一直以为自己还活着。直到斧头砍在身上，它的根和枝干发出空洞的回声，树才知道自己死了，啥时候死的它不知道。树埋怨自己浑身的耳朵，一棵树长这么多耳朵有啥用，连自己的死亡都听不见。

斧头

长到能当椽子时，树就感到命到头了。好多和自己一起长大的树，都被砍了，树天天等着挨斧头。树长到胳膊粗那年挨过一次斧头。那是一个刮风的夜晚，有人朝它的根上砍了一斧头，可能天黑，砍偏了，只有斧刃的斜尖砍进树干，树"哎哟"一声，砍树的人停住了，手在树干上下摸了摸，又在旁边的树上摸了一阵，几十斧头把旁边一棵树放倒，枝叶和树梢砍掉，扛着一截木头走了。

从那时起树就心惊胆战地活着。长到檩子粗那年，村里盖库房，要选三棵能当檩条的树，几个人扛着斧头在林带里转，这棵树瞅瞅，那棵树上摸摸。开始砍了，杨树听见不远处一棵树被砍倒，接着砍挨着自己的一棵，那棵树朝自己倒过来，杨树把它抱在怀里，没抱牢，树朝一边倒过去，杨树的几个枝被它拉断。接着一个人提着斧头上下端详自己，头仰得高高，就在这时，一只鸟落到树梢，拉下一滴鸟屎，正好落在那人眼中。那人揉着眼睛转了几圈，觉得倒霉，提起斧头走向另一棵树。

躲过这一劫，树知道自己又能活些年月。树长过当椽子的程度，就只有往檩子奔了。不然二不跨五，当椽子粗当檩子细，啥材都不成。从椽子长到檩子得十几年。这期间村里好多树被砍了，树天天等着人来砍它。它旁边的一棵砍倒了，就要轮到它了，但不知怎么没人砍了。那一茬杨树里，独独它活下了。树记得它长到檩子粗时，树下人家的主人被人叫了大杨树买买提。自己有幸活下来，是否跟这个人有关系呢。

树不害怕死是在树长空心以后。树觉得死就在树的身体里，跟树在一起。树像抱一个孩子一样，把死亡的树心包裹着。

后来死亡越来越大，包不住了，死亡把树干撑开，蚂蚁进来了，虫子进来了，风刮进来雨淋进来。树中间变成一个空洞。死亡朝更高的树心走，走到一个断茬处，和天空走通了，那时树只剩一半活着。活着的一半，抱着死了的一半。活着的树皮每年都向死去的半个枯树干上包裹，就像母亲把衣服向怀里的孩子身上包裹。

这时树听到地下的凿空声。

大杨树朝东的主根先感到了地的震动，听到地下的挖掘声，接着朝北的主根也听到了，它们屏住气听着。下面的挖掘声让树害怕。

根感到地下不稳了，东边的末梢根须感到震动就在不远处，好像几个很大的动物在打洞，听到一条凿空的洞，从树根斜下方穿过去。

树一直以为地下是安全的，树长多高，根伸多长。根是树投在地下的影子。树是根做在地上的一个梦。根能看见枝干的样子，根朝南伸展的时候，上面的一个枝也向南生长，树的样子是根设计出来的。风也会改变树的样子。风把树刮歪时，根知不知道树歪了。也许不知道。人砍掉一个枝杈根肯定感到疼痛。根以为只要自己在地下扎稳了，树就没事。多少树根在地下扎稳时，树被人砍了，根留在土里。树听到根下的挖掘声时，树恐惧了。

树知道自己死去的时候，心里的所有东西，一下全放下了。

他们砍它时它数着砍伐的声音，数着数着睡着了，悠忽又醒来，未及睁眼，又滑入另一个梦里。这个更加漫长的梦里它的名字是木头，舒舒展展地躺在地上，像一个活儿干完的人。木头的耳朵比树多了好多倍，它依旧只会听，看不见。它听到的东西比以前更多更仔细。

树倒了

树在太阳偏西时被砍倒。整个白天像一棵树，缓缓朝西斜倒下去。大杨树向东倒去。

砍到剩下树心，大杨树像醉汉一样摇晃了，人都闪开。十几个人拉起拴在树上的绳子。给树选择的倒地方向是东方，那是条路，压不到东西。拉绳子的人似乎没使出多少劲，树就朝东边倒过去。

树倒了。树倒地的声音像天塌了一样，先是"嘎巴巴"响，树在骨折筋断声中缓缓倾斜，天空随着树倾斜，西斜的太阳也被拉回来，树倒去的方向人纷纷跑开，狗跑开，鸡和牛跑开，蚂蚁不跑，大树压不死小蚂蚁。

树倒了。"腾"一声巨响。树从天空带下一场大风，地上的树叶尘土升腾起来，升到树梢高，惊愕地看着地上发生的事。孩子在树的倒地声里一阵惊呼。一群麻雀在旁边的树上尖叫。大人面无表情。树躺倒在地上，那么高的一棵树，倒在地上却不显得长。地上比它长的东西太多。路就比它长。孩子呼叫着围上去，抢折树梢上的枝条，那些他们经常仰天望见，从没有爬上去摸见的树梢，现在倒在尘土里。

树倒了。老额什丁仰头望着树刚才站立的地方，空荡荡的，大杨树把这片天空占了上百年，现在腾出来了。

树倒了。狗跑过来嗅嗅树枝上的大鸟巢，空空的，有鸟的味道。树没倒的时候，狗经常仰头看一对大鸟在树梢的巢里起落。有时夜晚的月亮停在树梢鸟巢边，像一张脸，静静望着巢里的鸟蛋，望着刚出壳的小鸟。狗对着月亮的吠叫突然停住。

树倒了。砍树时树上的鸟早就散了。鸟在天空听见树叫。树的叫声有一百棵树那么高，那是一棵声音的大树，刺破天空，穿透大地。

树倒下的地方几天后死了一只鸟，眼睛出血。一只比麻雀稍大的灰鸟。艾肯说，灰鸟经常晚上在大杨树上落脚，它借以前那两只大黑鸟的巢在树上落脚。可能灰鸟晚上过来，以为树梢还在那里，脚一伸，落空了，一头栽下来摔死了。也可能鸟也老了，想落到老杨树上，看见树没了，鸟不想再往别处飞，鸟闭住眼睛，伸直腿，翅膀收起，往下落，最后重重地落在大杨树的断根上。

把时间绊了一跤

　　我看见早晨的阳光，穿过村子时变慢了。时光在等一头老牛。它让一匹朝东跑的马先奔走了，进入一匹马的遥遥路途，在那里，尘土不会扬起，马的嘶叫不会传过来。而在这里，时光耐心地把最缓慢的东西都等齐了，连跑得最慢的蜗牛，都没有落在时光后面。

　　刘二爷说，有些东西跑得快，我们放狗出去把它追回来。有些东西走得比我们慢，我们叫墙立着等它们，叫树长着等它们。我们最大的本事，就是能让跑得快的、走得慢的都和我们待在一起。

　　我在这里看见时光对人和事物的耐心等候。

　　四十岁那年我回到村里，看见我五岁时没抱动的一截木头，还躺在墙根。我那时多想把它从东墙根挪到房檐下。仿佛我为移动这根木头又回到村里。我二十岁时就能搬动这根木头，可我顾不上这些小事。我在远处。三十岁时我又在干什么呢。我长大后做的哪件事是那个五岁孩子梦想过的。我回来搬这根木头，幸亏还有一根没挪窝的木头。

我五十岁时，比我大一轮的王五瞎了眼，韩三瘸了一条腿，冯七的腰折了。就是我们这些人，在拖延时间，我们年轻时被时间拖着跑，老了我们用跑瘸的一条腿拖住时间，用望瞎的一双眼拖住时间。在我们拖延的时间里，儿孙们慢慢长大，我们希望他们慢慢长大，我们有的是时间让他们慢慢长大。

时间在往后移动。所以我们看见的全是过去。我们离未来越来越远，而不是越来越近。时光让我们留下来。许多时光没有到来。好日子都在远路上，一天天朝这里走来。我们只有在时光中等候时光，没有别的办法。你看，时间还没来得及在一根刮磨一新的锨把上留下痕迹。时间还没有磨皱那个孩子远眺的双眼。时光确实已经慢了下来。

每天一早一晚，站在村头清点人数的张望，可能看出些时光的动静。当劳累一天的韩拐子牵牛回到家，最后一缕夕阳也走失在西边荒野。一年年走掉的那些岁月都到哪儿去了。夜晚透进阵阵寒风的那道门缝，也让最早的一束阳光照在我们身上。那头傍晚干活儿回来的老牛，一捆青草吃饱肚子。太阳落山后，黄昏星亮在晚归人头顶。在有人的旷野上，星光低垂。那些天上的灯笼，护送每个晚归人。一方小窗里的灯光在黑暗深处接应。当我终于知道时间让我做些什么，走还是停时，我已经没有时间了。

每年春天，村东的树长出一片半叶子时，村西的树才开始发芽。可以看出阳光在很费力地穿过村子。

刘二爷说，如果从很高处看——梦里这一村庄人一个比一个飞得高——向西流淌的时间汪洋，在虚土庄这一块形成一个涡流。时间之流被挡了一下。谁挡的，不清楚。我们村子里有一些时间嚼不动的硬东西，在抵挡时间。或许是一只猫、一个不起眼的人、一把插在地上的铁锨。还是房子、树。反正时间被绊了一跤，扑倒在虚土里。它再爬起来往前走时，已经多少年过去，我们把好多事都干完了，觉也睡够了。别处的时光已经走得没影。我们这一块远远落在后面。

时间在丢失时间。

我们在时间丢失的那部分时间里，过着不被别人也不被自己知道的漫长日子。刘二爷说。

鸟是否真的飞到了时间上面。有一种鹰，爱往高远飞，飞到纷乱的鸟群上面，飞过落叶和尘土到达的高度。一直飞到人看不见。鸟飞翔时，把不太好看的肚皮和爪子亮给我们。就像我们走路时，不知道该把手放在什么位置，鸟飞在天上，对自己的爪子也不知所措。有的鸟把爪子向后并拢，有的在空中乱蹬，有的爪子闲吊着，被风刮得晃悠。还有的鸟，一只爪子吊下来，一只蜷着，过一会儿又调换一下。鸟在天上，真不知该怎样处置那对没用的爪子，把地上的人看得着急。不过，鸟不是飞给人看的，这一点小孩都知道。鸟把最美的羽毛亮给天空，好像天上有一双看它的眼睛。鸟从来不在乎我们人怎么看它。

那些阳光，穿过袅袅炊烟和逐渐黄透的树叶，到达墙根门槛时，就已经老了。像我们老了一样，那些秋草般发黄的傍晚阳光，垛满了村庄。每天这个时候，坐在门口纳鞋的冯二奶，最知道阳光怎样离开村庄，丝线般细密的阳光，从树枝、墙根、人的脸上丝丝缕缕抽走时，满世界的声响。天塌下来一样。

我们把时间都熬老了。刘二爷说。

当我们老得啃不动骨头，时间也已老得啃不动我们。

附录

我用写作拯救了自己不幸的童年

——"南方周末2024N-TALK文学之夜"演讲

　　到哪儿去都要介绍：我来自新疆，我是新疆人。也有许多人说"新疆是你的家乡"，其实我说我出生长大在新疆，但是一个人怎么可能拥有如此辽阔的家乡？每个人的家乡可能都是他的出生地，是他出生、长大、长老的那样一个小小的地方。

　　家乡对于每个人来说，可能都是小的——一个小小的犹如一颗种子的家乡。在我们人生之初把这样一个小地方安排给我们，其实是让我们一草一木、仔仔细细地去辨认、认识这个世界最初给我们的那样一个地方，我的童年就是在这样一个小村庄里度过的。

　　我降生在一个洞里，跟动物一样，长大以后都不好意思跟大家说这段经历。因为我父亲在一九六一年逃饥荒到新疆，一家人一无所有，就在村庄里挖了一个洞，我就在那个洞里过了十年的童年生活。后来我开始写作的时候，我就老想那个洞，但是我又从来没有写过那个洞，我写的是我在那个洞里听到的这个世界所有的声音。每当夜深人静，整个村庄里各种各样的声音出现在地面上，我们在地下睡着醒来，耳朵朝上听到的是这个世界上面的声音。房顶走过一只猫，门口跑过一头牛，甚至走过一个人的时候，那个洞里都会惊天动地。

我们家门口长着一棵大榆树，睡着的时候，会清晰地听到那棵大榆树在地下生根，它在地下伸展它的根须。有一天早晨，一根树根就突然伸到我们家去了，这根有感知的树根突然伸到尽头的时候伸空了，和一家人的生活迎面而遇。还有一只老鼠，半夜打洞也打到我们家去了，掉下去了。我们早晨起来发现地上多了一只老鼠在跑，它以为我们家是更大的老鼠洞，炕上躺着一群更大的老鼠。

就是这样的童年生活，让我变得跟中国任何一个作家可能都不一样。你有不一样的童年，你就有不一样的青年、中年、老年；你有不一样的童年，你就有完全不一样的文学世界，因为你最早感知到的、认识到的世界是不一样的。我们在人生的开端，世界给了我们（什么），我们就会永远拥有什么，就像早年的世界，让我有了敏锐的听觉，使我在地下听到过地上的声音。

后来我写《凿空》的时候，就写一群挖洞人在地下的生活。我发现我天生会挖洞，就跟一个老鼠一样。一旦开始写挖洞，我觉得我就变成了一个动物，我熟知地下所有的动静，我熟知地下一层一层的土层。我知道挖多深会挖到石头，我知道一层一层的土是怎么在地下分层的，我知道在地下可以遇到哪些动物，可以遇到哪些植物的根须。这就是我的童年生活。

在写作中重新认领一个童年

三十年前，我离开乡村到城市去打工。在这之前，我是一个心气高远的乡村诗人，看着天边的云朵在过日子。但是城市的打工生活把我的诗歌生涯打断了，我没有像西川那样把诗歌一直写到老，年轻的时候我想一直把诗歌写到老年其实是不可能的。我开始写散文，用了七八年的时间，写成了我的第一部散文集《一个人的村庄》，这是我离开家乡后对村庄岁月的一场回望。一个人离开家乡之后，可能才会获得对家乡的全部认识，可能才会知道你的家乡曾给过你什么。

其实，父亲在我八岁时去世，母亲带着我们五个未成年的孩子艰难度日，这样的生活是不堪回首的。但是我获得了一次写作的机会，因为我是作家，我有了一次重新进入生活，看见并有权利去改变生活的机会。如果我不去写作，我不是一个作家，这样的童年肯定是要被遗忘的，一个人背着如此沉重不堪的苦难的伤痕累累的童年做什么？通过《一个人的村庄》这场写作，我重新创造了那个被我扔在天边的童年和童年的我自己。

我在《一个人的村庄》中写了《狗这一辈子》，写了《逃跑的马》，写了《对一朵花微笑》。我写了一场一场风从远处吹向村子，又带着村庄的声音刮向远处；写了一夜一夜的月光，一个孤独的孩子游走在村庄，趴在人家的窗口听村人说梦话。我在写这本书的时候，就老想我小时候趴在别人家窗口听人说梦话的场景。我想之后我写的最好的语言都是早年我听到的梦话。文学写作可能就是这样，我们面对的是一个犹如长梦般的世界，我们从这个世界上听到的就是艰难传出来的那几句梦话，它是从无数的语言中活出来的几句话。

我写一个人和一只鸟的孤独，写一棵树、一窝蚂蚁和一村庄人的生老病死和生生不息。当我这样书写的时候，那个荒野中的村庄就被文学照亮了，我们家那院破旧的房子成了世界的中心。我在那个村庄的时候，我觉得那个村庄非常大，因为我的腿短，走不了多少路。当我开始写它的时候，我觉得那个村庄如此之小，它小到每天早晨的太阳是从我们家东边柴垛后面升起，黄昏的落日又落在我家西边的篱笆墙后面，整个日月星辰、斗转星移都发生在我们家的屋顶上。我们家屋顶上那只烟囱白天黑夜地朝着天空在冒烟，冒我看不明白的烟。我不知道它冒向了哪里，但是多年之后，我在写那个村庄炊烟的时候，我知道我们家屋顶上面那个星空已经早早地熏染上了我们家炊烟的味道，某一颗星星上一定积满了我们家的烟垢。我通过这样的写作，用文字给那个村庄的人和万物赋予了平等的存在感，我理解的那个时代，我们家和

255

整个村庄的人的命运和苦难，也感知到在一个更大的自然中万物的兴盛枯荣。文学给了我们一条回到过去的通道，去安顿那个已经没有声音但分明又在影响着今天的往事世界。

写作是一场秉烛夜行，语言是黑暗的照亮。当我动笔时，我清晰地知道，我的语言要进入那个村庄世界了。之前那个世界属于现实和往事，从我落笔那一刻起，它属于文学。文学要接管那个已经远去的世界，接管那里活着和死去的人们，接管草木的生长、花朵的枯萎和开放，接管虫鸣鸟语和风吹过屋檐的声音，那个世界里一切的一切都由文字接管了。那个给过我童年和少年的村庄，它遥远、偏僻。当我写作它时，它就成为世界的中心，村庄的人和牲畜、草木虫鸟都在我的文字中又活了过来。无论现实中我书写的是什么，无论现实中我的童年和我周边的社会都发生了什么，文学会让它重新发生，这便是文学与现实的关系。我们写作时，那个村庄、那个童年是我自己的，它跟现实村庄有着千丝万缕的关联，如同从大地上生长出来。当我完成《一个人的村庄》这本书时，它便不属于现实，而成为现实对面的一个独立的存在。它是现实世界的梦，是虚构的现实之梦。

文学是做梦的艺术，用现实的材料修补残缺的梦，又用梦中的材料去修补残缺的现实。在梦与醒之间，去寻找属于文学的真。这场关于家乡和童年的写作，使我成功地修改了自己的童年，将其从黑暗中打捞了出来。一部文学作品的故事，是写作者穿过世间无数的故事而创造的唯一故事，是万千逝去的人生中活出来的唯一人生。它让不该发生的不再发生，让应该发生或在梦中发生的生长出来。我也在这样的写作中认领了一个童年的家乡，它让我知道在我出生睁开眼睛的那一刻，这个世界或者我的那个小小的家乡已经把整个世界都给了我。空气、阳光、水、白天黑夜、风声鸟语，这个世界所有的，每个人都在自己的家乡完整地获得过。从此家乡一无所有，而我作为一个写作者，则需要用一生的时间，用文学将它一一辨认并书写出来。我想每个人的家乡都是这样，长大后我们会知道那个小如一粒种子的家乡，它的土地连接着整个大地，它的夜空中有我们走到世界任何地方都会看到的完整星空，它的每一朵花都朝远方开放自己，它的每一声虫鸣中有这个世界所有的声音，它的孩子过着人类孩子的童年，它的某一个人老了就是人类老了，它的黄昏终结了全世界的白天，它的天黑了就是全世界的天黑了。

"蚂蚁已经把最遥远的国度走成了我的家乡"

家乡的意义是让我们通过它去认识更为广大的世界，最终把世界认作家乡，就像我在家乡熟悉的那枚月亮。它是世界唯一的月亮，无论我走到哪里，有月亮升起，有虫鸣鸟叫，有风吹过，有我认识的草木生长开花的地方，皆是家乡。

我在小说《本巴》中写到这样一个细节，那个守边的老牧人对洪古尔说："我从三十年前虫子走过的路上，得知你要来的消息。"这不仅是文学的描述，在现实大地上，虫子的路连接着人的路，虫子的目光连接着人的目光，虫子看见的世界也是我们人的世界，虫子口中的那一丝小小的呼吸，也是我们人类的呼吸。我们和虫子，是生死相连的共同体。我到一个陌生的地方，都会去看看地上的虫子。当然，这个季节虫子都冬眠了。我看街上的人是陌生的，看草丛中的虫子是熟悉的，尤其我会看蚂蚁。二〇二三年我到阿布扎比，一街的人都是陌生的，但我会在路边的草丛中看到跟我家乡的蚂蚁长得一模一样的那种小黄蚂蚁。那些蚂蚁在爬树，跟我家乡的蚂蚁爬树的动作是一样的。我知道它们上树去干什么：它们把地下的虫卵衔着，衔到树上的叶子上，让虫子在叶子上长大，分泌出带甜味的物质，然后蚂蚁去吃它，鸟再吃蚂蚁。全世界所有的蚂蚁干的事跟我家乡的蚂蚁干的事是一样的。看到这窝蚂蚁的时候，我突然觉得阿布扎比并不遥远、并不陌生。我在家乡认识的那种黄褐色蚂蚁已经用它小小的爪子把最遥远国度的陌生地方走成了我的家乡，走成了一个更为遥远也更为亲近的家乡。

从《一个人的村庄》到《本巴》，我一直在书写大地上人与万物共居的家园。这个家园里的每个生命，都在我的文字中有尊严且灵光闪闪地活着。我在文字中，在文字的书写中，其实也经受一粒虫子的最后时光，陪伴一条狗的一生，目睹作为家的房子建起、倒塌，房梁跟人的腿骨一样朽坏。写作者其实在经历人世和文学中的两种光阴，我在每一件细小的事物上来回地经历生老病死，在每一个细节中享尽一生，我在自己书写的事物中过了许多个一百年，我相信这样的感受也属于读者。现实中，我们仅有一生，在文学中有无数个一百年需要我们在阅读中去获得。

文学是地久天长的陪伴。多年后，我到了坐在墙根晒太阳的年龄，就是现在这个年龄，想到我的文字中那些不会再失去的温暖黄昏。夕阳下的老人，背靠土墙在晒最后的太阳，身边一条老狗相伴。人和狗，在一样的暮年里消受同样的老年。我也在自己的老年里，感受到天地万物的生长与衰老。我在自己逐渐昏花的眼睛里，看见身边的树叶在老，屋檐的雨滴在老，虫子在老，天上的云在老，刮过山谷的风声也显得苍老，飞在空中的乌鸦发着跟我的嗓音一样苍老的喊叫声，这是与万物终老一处的大地上的家乡。

作家在心中积蓄足够的老与荒，去创作出地老天荒的文学。在心中积蓄足够多的太阳，去照亮那个文字中的世界。写作者心中有太阳，那个文学世界便是亮的；有悲悯，那个世界便温暖如春；有月亮和星空，那个世界便满是人们的梦和梦想。文学是让心灵飞翔的艺术，承载着大地上的惊恐、苦难、悲欣、沉重、失望与希望，拖尘带土，朝天空飞翔。

也许每一种生活都有一种文学的拯救方式，就像我用写作拯救了自己不幸的童年。文学是我们对现实生活的意愿和想法，不是做法和办法。但是，正因为文学是意愿和想法，这些想法本身，却为现实世界打开了无数的窗口。那个文学虚构世界的光，有时候竟可以把现实世界的黑暗照亮。

一只像作家的狗

——散文研讨会发言

作家有两种状态，第一种状态是人的状态，第二种状态是作家的状态。当作家是人的状态时，是农民、工人，是官员、知识分子，是男人、女人、丈夫或妻子。但是进入作家状态的时候，他是一个完整的、独立的个体。是人的状态时，作家是这个社会的一员。是作家状态的时候，他将自己放在社会的对面，社会是社会，我是我。这是一个作家的状态。

作家是有灵感的人。灵感来时是作家状态，没灵感时就是一个平常人。

作家的状态让我想到乡下的狗，或者说乡下的狗具备一个作家的状态。

有过乡村经验的人都知道，乡下的狗是没有狗食的，狗要自己找食吃。喂猪的时候，狗抢着吃一口；喂鸡的时候，狗抢着吃半嘴。更多的时候，狗溜墙根寻食，以我们认为的最肮脏之物果腹，这就是白天的狗。

但是，到了夜晚，月亮升起来，人们睡着的时候，乡下的狗蹲在草垛上，蹲在房顶上，用舌头舔净自己的爪子，梳理好自己的皮毛，然后，腰伸直，脖子朝上，头对着月亮，汪汪地叫，这时候的狗截然不同于白天的狗。

人们只看到白天在墙根找屎吃的狗，为一根骨头低眉顺眼摇尾乞食的狗，很少看到在夜深人静时对着天空、对着月亮汪汪吠叫的狗。这时候的狗像是突然从人世中脱离出来，它不再为一口狗食而叫，不为它的主人而叫，不为院子里一点动静而叫，它的眼睛望着茫茫星空，嘴对着高远皎洁的月亮。这时候的狗高贵而自尊，它的吠叫中没有任何恩怨，那声音像吟诵、像祈祷。

我在乡下的那些年，曾多少次在这样的狗吠声里醒来，也曾静悄悄站在对月吠叫的家狗后面，仰头望它所望的星空。在那里，它的眼睛专情地看着月亮，嘴对着月亮，汪汪的声音传向月亮，仿佛月亮上也有声音传来，灵敏的狗耳朵一定能听见。但我不能。我这只人的耳朵，只能听见狗对月亮的吠叫，却听不到月亮对狗的呼喊。我相信狗是从月亮上来的。在白天，我们在土里忙碌，它在地上寻食。天一黑，我们在低矮的床铺上睡着、做梦。它爬上高高的草垛望月亮。

那一刻，如果我咳嗽一声，狗会马上停住吠叫跑过来，对我摇尾示好。但我确实不想用一声主人的咳嗽，把它唤回人间。

我喜欢这种状态里的狗。尽管我更需要一只看门狗、见了主人摇尾巴的狗、睁大眼睛竖起耳朵守夜的狗，但我仍然需要一只放下人世的一切对月长吠的狗。我在狗那里看见了我自己。

那是一只像作家的狗。或者说，作家本应该发出这样的声音，在长夜里，独自醒来，对月长吠。

二○一五年九月

在夜晚穿行的经历，胜过读好多本书

——凤凰网读书对话刘亮程

在二十世纪末，有一部散文集横空出世。它所写的本是新疆天山脚下一个偏远的村子，却因为独特的文风和哲思获得了读者的一致喜爱，成为当代中国最重要的乡村散文作品之一。这本书就是刘亮程的《一个人的村庄》。

刘亮程原本在乡农机站做农机管理员，后来他在乌鲁木齐打工期间，用了接近十年写了《一个人的村庄》。没想到这本书一出版就反响空前，成为许多读者的心头之爱。也由此奠定了刘亮程在文学界的地位，并在之后持续创作散文和小说。

刘亮程的文章，也时常出现在我们公众号的推文中。我们并未想到，会有一个机会远赴新疆采访他，也没想到采访他的地点，竟是另一个"一个人的村庄"——同样位于天山脚下的一座偏远村子，而他本人已经在这里住了十年。

十年前的刘亮程，意外发现了这座已经半空的村庄，很快就决定从住了二十年的乌鲁木齐离开，安居在这里。当年的他，实现了当下人们的时髦愿望：去乡下"搞个院子"。十年来，他在这里生活、写作，打造自己的家具，经营自己的菜地，与乡村中的万物生灵交流，听风声，看天空、草地与麦田。

我们羡慕他这样的生活状态，也想探究这种乡村院子生活是否就是我们无数人心心念念的理想模样。更重要的是，我们渴望了解，在这片寂静少人近乎完全自然的环境里，这位当代最重要之一的文学家，如何安置、寄托自己的文学书写和精神生活。

带着这些好奇和期待，我们来到了刘亮程所在的距离乌鲁木齐东二百多公里的菜籽沟村。在这里，我们展开了三天的长谈。下文为本次访谈编辑整理后的内容。

一、在新疆，搞个院子！

凤凰网读书：您在这儿住到第十年了，当初为什么要从乌鲁木齐搬过来？

刘亮程：我一直想到乡下来生活，因为从小在乡村出生长大，听着乡村那些声音习惯了。在城市奔波这么多年，就想老了以后找个地方去慢慢变老，按我的说法就是找一棵树下慢慢变老。

我在城市工作六七年、七八年的时候就不想在城市待了。我经常离开城市到乡下去，因为跟乡下这种环境有一种天然的亲近。

凤凰网读书：那您如果没有来菜籽沟村，还在乌鲁木齐的话，生活会是怎么样的?

刘亮程: 我肯定会来,即使不在这个村庄,也会在别的村庄。肯定是在一棵树下,不是在一栋楼房下面。

凤凰网读书: 当时是如何发现这个地方的?

刘亮程: 五十岁那年的冬天,当时这个县的领导邀请我们过来给当地旅游出谋划策,结果走着走着就到这个村庄里面了。大冬天拐了一个弯就拐到这个沟里面了,就没走出去,待了十年。

凤凰网读书: 这里跟外面完全不一样,有一个小生态。

刘亮程: 我们也没想到,因为我在新疆走的村庄比较多,新疆大部分地方干旱,每个村庄都光秃秃的。到这个村庄来尽管是冬天,我看这个山坡上到处长的都是树木。

因为我们在这个土地上生活,能看懂土地。这个地方到处都是树木,雪下露出草木,一看就知道这地方降雨量大,雨水充沛。

当时发现一村庄人半数已空,到处都是空房子、空院子。一问这些空房子卖不卖,说卖。问多少钱,说有五千块钱的,有一两万的。我说这房子太便宜了,就突发了一个想法。

我住在县宾馆,当天晚上就写了一个方案。我当时有工作室嘛,方案的大概意思就是由我们工作室入住这个村庄,抢救性地把这个村庄的老房子全收掉,招呼作家、艺术家来认领,到这个村庄居住,把这个村庄办成艺术家村。因为我知道这些艺术家都喜欢这些老宅子、老院子,没有不喜欢老东西的艺术家。

另外我看上了一个羊圈，就是现在的书院。这里原先是一个老学校。这个村子以前有四百多户人，那时候一户人家一般五口人，这里是两三千人的大村，它有小学、中学。

我们是二〇一三年底来的，来的时候这个学校早已经变成羊圈了，它没有学生了。中学生一开始到乡上去上课，现在乡上也没学校了。我们来时，这个学校已经做了十年的羊圈，那些教室里边以前全是羊粪。我们把它收拾出来，做了个书院。

当时希望争取在几年时间内让这个村庄活过来，变成一个至少很有名的村庄。我就回乌鲁木齐招呼我的人，工作室有几位同事，大冬天住在这个村子里开始收房子。我们一开始收房子动静太大了，在南边收房子，北边的农民就听说了，房子就开始涨价，从几千块钱涨到几万块钱。即使这样，我们也收了三十多套房子。大过年就号召了十几个艺术家，现在有三十多个艺术家入住到这个村庄了，他们在这里建了自己的工作室，安了家。

作家、画家、摄影家、艺雕大师、策划人都有。这艺术家一旦买一个房子就被拴在这儿了，回到乌鲁木齐他会想这个地方。尤其要是再种点菜，就会想那个茄子结上没有，会不会旱死了。拴住人的并不是什么大事，就是这些琐碎小事。

他要养两只鸡，那就更麻烦了，天天想着鸡下蛋了没有，蛋下了是不是被猫偷吃了。所以一旦有了房子，这些艺术家每个周末就往这儿跑。有些艺术家本身就闲下来了，退休了，像我一样，可以长时间居住了。

我们来了十年。来的时候松树没这么高，当然松树一年就长一截，但是十年应该也长了有一两米了。这个松树年龄跟我差不多吧。我们来这儿十年，它也长了十圈的年轮，不知道树会不会看到我长了十年岁数。

二、少年时代的孤独，也是写作的力量

凤凰网读书：想和您谈谈您来菜籽沟村之前的经历。在过上现在的生活之前，您年轻时的理想是什么？

刘亮程：当木匠。我们小时候木匠虽然也是一个累活儿，但毕竟是一个技术活儿。我们家里面请木工去做家具，会给木匠多炒一个肉菜，吃的会比我们好一些，毕竟受人尊重。

我小时候还有机会去当中医。我先父是自学的中医，他一九六一年逃荒到新疆时带了很多医书，竖排繁体字的中医书，然后自学。我们小时候隐约知道父亲拿自己的身体扎针、做实验、找穴位。他那中医都是拿自己身体学的，先给自己开药方，看这个药灵不灵，然后再给别人开。

他是一个传统的中国文人。啥叫传统的中国文人？（光会）琴棋书画还不行，必须还有医。我记得有一个老中医跑到我们家让我父亲给他捏关节。后来有一个老中医看上我了，觉得这个孩子聪明，就想把我领走，跟他去行医。那个时候我正上初中，假如那个时候去了，就丢下书包悬壶济世了。

凤凰网读书：没有去当医生，还是因为喜欢文学？

刘亮程：我在村里上了一、二年级吧。然后村里老师跑了，到邻村接着上学。我们那个老师很有意思。整个村子一、二、三年级就一个老师在教，先给一年级讲，讲完以后给二、三年级讲，本来孩子就不多嘛。

我们上学的路要经过一片荒滩，那个荒野中还有孤坟什么的，我们走的时候都很害怕。每天我们放学的时候，那个老师会站在房顶上送我们。我们离开村庄就进入了荒野，要翻过一个沙沟和一个梁才能到我们村，老师就站在房顶上看。我们回头看，看到老师站在房顶上，就不害怕了。结果有一天去（上学）老师没来，说是昨天下午从房上掉下来了，把头摔坏了。头摔坏就当不成老师了，我们没有老师就辍学了。

我八岁的时候先父（生父）不在了，十二岁的时候到了另一个村庄，有了一个后父（继父），又开始上学，初中算是上完了。高中没上，就上了一个中专，学农业机械。我十九岁时从农业机械化学校毕业，被分配到沙湾县安集海乡（现为沙湾市安集海镇）农机站当管理员。在那儿认识了我爱人，她在那个乡的银行（工作）。我们在一个大食堂一起吃饭认识的。

年轻的时候我们都是以玩为主，从来没有想着去用心写作。

那个时候我们可以骑自行车跑上几十公里去喝一场酒，然后半夜再回来。都是土路，路边有玉米田、棉花地还有瓜地等等。那种夜晚穿行的经历，可能让你胜读好多本书。

后来我在写作的时候，对我帮助最大的不是从哪本书上获得的，就是早年的那些经历。尤其是在夜晚穿行的经历，我写过很多夜色中的场景，都来自那个时候。

凤凰网读书：在您妻子的描述中，您那个时候是人群中很独特的人。

刘亮程：孤僻吧。少年时代可能是孤僻的。我在别人的印象中好像都不爱说话，现在也是这样。

凤凰网读书：您的作品里写到，小的时候因为先父去世得早，所以自己虽然还是孩子，但在父亲去世的时候感觉一下子就长大了。这跟您性格比较孤单有没有关系？

刘亮程：我觉得孤单是与生俱来的，可能先父的去世再加上后来奶奶的离世，让孤单走得更远了。

小时候我们其实是一大家人，我有一个大哥、三个弟弟，我们睡在一个大炕上，那样的环境本来也不是孤单的。但是这一家人，尤其那一炕没有长大的孩子，我想每个人都有自己的孤单，尤其家里剩下你一个人的时候。

四五岁的时候，大人去干活儿了，哥哥不知到哪儿去玩了，家里面突然剩下你一个人，那种孤单可能伴随着莫名的恐惧会影响一个人的一生。后来我在写作的时候经常陷入这样一种状态——家里突然剩下你一个人，或者是整个村庄突然剩下你一个人，就是在这样的印象里反复，可能就来自早年的那些生活经历——突然你被扔在那儿了。

那些感受在童年时可能是小的，但是它会在身体中长大。孤单会长大，寂寞也会长大。当孤独和寂寞一起长大的时候，可能就长成了一本小说。

所有的文学叙述都是在叙述孤独和寂寞。只是在孤独和寂寞中，才有了那么多想超越孤独与寂寞的想象，有了那么多莫名的情感。

一个寂寞者才会写作，一个孤独者才会想到用文字来驱逐孤独或者最终拥有孤独。写作的意义不是排遣孤独，它是让孤独拢聚起来变成一个更大的孤独，《一个人的村庄》就是一个人的孤独吧。

三、打工十年，写出《一个人的村庄》

凤凰网读书：说到《一个人的村庄》，您是怎么从学农业机械、当农机站管理员，转行去写作了呢？

刘亮程：我上中专的时候是中国的朦胧诗时代，一开始我仿写朦胧诗。后来是西部诗时代，我又跟着西部诗人写西部诗。写着写着就开始写自己的诗歌了。我在（二十世纪）八十年代末九十年代初发表的《一生的麦地》，就是跟村庄有关系的诗歌。

写诗写了有十多年，从八十年代初写到九十年代初。（一九）九三年的时候到乌鲁木齐打工，突然就不会写诗了，开始改写散文。又用了差不多十年时间，边打工谋生，边写散文，写出了《一个人的村庄》。

起初我试图用诗歌写《一个人的村庄》，用诗歌思考过这个村庄后，发现其实不可能。当我写散文的时候，我才找到了写这个村庄的那些文字，但那些文字还是来自我的诗歌。

你看我的散文语言跟诗歌语言是一样的，是吧，早年我在写诗歌的时候已经有了自己成熟的语言，后来写小说的时候其实还是在用自己的诗歌语言写小说。

凤凰网读书：当时是一边在农机站上班，一边写诗吗？

刘亮程：我当时离开了农机站，在万元户时代开了个农机配件门市部。九十年代初，用了几个月的时间挣了一万块钱。

那时候钱非常好挣，进货都不用钱，推销员过来给你订，写一个大概的订单就把货发来了。等你卖得差不多了，他就来收钱了。我当时就想，挣钱这么容易，啥时候都可以挣钱，就又开始写诗了。

但是那一万元很快就花完了，我就把配件门市部卖掉，到乌鲁木齐去打工。在打工期间写了《一个人的村庄》。

凤凰网读书：您写《一个人的村庄》这漫长的近十年时间，其间一直在打工？

刘亮程：这个时期在报社当副刊编辑，七八个人住在一个大宿舍，床和床都是挨着的。我就在床边放一个凳子，凳子上面放一个装书的纸箱，在纸箱上趴着写。有个小台灯，晚上其他人睡着的时候，可以把小台灯打开着去写。那时候生活很忙乱，但是一旦开始写作就安静了。无论什么时候，忙完以后是可以瞬间回到自己的写作中的，这可能是一个人的定力。

凤凰网读书：还记得最早写的是什么吗？

刘亮程：我最早写的一篇散文是《一个人的村庄》中的第一篇，叫《狗这一辈子》（初版时）。那是我在沙湾的时候写的，一九九二年。写完之后我就到乌鲁木齐打工，开始接着那篇文章写。

凤凰网读书：这篇文章现在很出名。

刘亮程：是的，我的第一篇文章就给我《一个人的村庄》中的所有文章定了调，这个也很奇特。

在乌鲁木齐期间，我还写过一些类似于《扛着铁锹进城》这样的文章，投给当时的报纸挣稿费。一个农村人到城市来以后，对城市的一切都感到新鲜，就拿乡村事物去对照城市生活，写了一些这样的文章。

这些文章收在《一个人的村庄》第一版，但是后来我编辑第二版的时候，就把它们删掉了，因为它们跟《一个人的村庄》整体氛围不符，这是我散文写作的一个小插曲。

我很快就从这种我认为新鲜的城市题材中脱身开来，回到那个村庄，写我的村庄文字了。一旦回到村庄，那个世界就是由我掌握了。城市生活对一个乡村青年来说尽管新鲜，但是这种新鲜在别人那里早已是陈旧。相反，那些看似已经陈旧的、无可奈何地陈旧下去的乡村事物却是永远新鲜的，就像树每年都长出一样的叶子，但是每年的叶子都会让你觉得无比新鲜。自然界没有陈旧的东西。

整个那几年时间就处在一种写作状态中，尽管每年可能就写十篇八篇，但是我知道我在写。哪怕每天写几十个字、几百个字，我知道我在写，我知道我在朝着我心中那个村庄世界去写。那个世界我曾经试图用诗歌去完整地呈现它，但是没有完成。当我用散文去照亮它的时候，我知道这个世界我是可以完成的，就是这个村庄世界，"一个人的村庄"世界。

不管白天在做什么，一旦摊开稿纸写的时候，我就进入我的村庄了，那个是我可以做主的村庄。外面的世界都是别人的，唯独我文字中的世界是我有上帝般的权利的这样一个地方。

我安排那个村庄的人去生去死，安排树长直或者长弯，让那些鸟或者飞或者落在木头上，让那些牛、羊在尘土飞扬的道路上走远又走回来。你感到那个世界完全可以把控，你用文字创生了一个世界。我未写之前，它属于我居住的那个村庄，等我开始写的时候，它就变成了我一个人的。

凤凰网读书：那个时候写作，完全是靠报社编辑的收入养活自己吗？

刘亮程：当副刊编辑那个年代拉广告是有收入的，广告提成很高，我们有百分之二十的提成。那个年代所有大报小报的记者都可以拉广告。我运气挺好的，经常能拉到大额广告。比如一下拉十万块钱（的广告）就可以提两万块钱。

我的工资才四百多块钱，一下能够拿两万块钱的广告提成非常多了，所以我这份工作，用了两年时间拉广告就在乌鲁木齐买了一套房子，当然还有以前我爱人的一些积蓄，就这样在乌鲁木齐活下来了。

《一个人的村庄》写完以后，我又在乌鲁木齐开了个酒吧，叫"一个人村庄酒吧"，用《一个人的村庄》挣的第一笔版税六万块钱开了一个人村庄酒吧。

装修花了一年的时间，这一年我在跑乌鲁木齐的废品收购站、跑砖厂、跑烧窑的窑厂，找那些廉价的装修材料，用一年时间把酒吧装修好。经营了半年倒闭了，把钱全赔完，我又开始写作。

总是干什么都没干好的时候又回来写作了，要是我把这个酒吧开好，可能写作也就停下来了。

我记得我开酒吧的时候是四十岁，我把开酒吧叫作创业。我当时想，假如我四十岁不去创业，五十岁的时候肯定是没有劲了。年轻的时候要把自己的劲全使完，因为一个人的力气是放不住的，年轻时候挣的钱可能能存到老年，年轻的时候拥有的力气是存不到老年的。

我十几岁二十岁的时候，可能也很懒，我后父就经常说我们，说人站站也会老，动动也会老。他就嫌我们站在那儿，满院子都是活儿不去干，就在那儿闲站着。后来我一想，站一站也会老，动一动也会老，那我为什么不动一动？

所有的农民都希望自己种一年粮食能把一辈子的粮食打够，其实怎么可能呢？明年的粮食永远还是种子，还是需要你种下去。

四、"一个人在忙忙碌碌中才能生出闲心"

凤凰网读书：您会用"打工"这个词来形容在乌鲁木齐的经历，感觉当时主要是为了生计、为了赚钱，但是看您写的《一个人的村庄》，它又是跟生存、生计、赚钱这些事情毫无关系。

刘亮程：没有关系。《一个人的村庄》中写了一个闲人，我写他的时候是我最忙的时候，在乌鲁木齐打工，早晨天刚亮就起来在外面胡乱吃一个早餐去上班，去编版，然后跑着去拉广告。反正忙忙碌碌，一个人在忙忙碌碌中才能生出闲心来，才会追求一种文学中的闲。

凤凰网读书：是因为忙，所以在心里面也向往那份闲？

刘亮程：这是一个方面，另一个方面我写的是一个乡村，乡村社会就是一个闲人社会。因为我们北方乡村是有农闲的，庄稼种下去有一个阶段它不需要人劳动，草也没长出来，这是农闲。

麦子割掉以后整个漫长的秋天，也是闲的。整个冬天要冬闲，一个冬天地里面什么活儿都没有，一年的收成下来冬藏了，人就在家里面。所以农耕社会它生长出来一种闲文化，忙日子大家都可以过，春种秋收都是忙的。但是一到农闲时候，只能过闲日子。所以在我们的文化中有许多文化娱乐，就是消闲的。闲文化在乡下很普遍，它也养成了一些闲人，再忙也是闲的，游手好闲。

凤凰网读书：但其中很少有像您书里面写的这个"我"一样的闲人。

刘亮程：一个在地上忙忙碌碌的人在文学中塑造的一个闲人，其实我写他的时候我的心是闲的，有一份闲心，有一个劳忙的身体，闲心成就了一个文学中的闲人。

这种闲不是陶渊明的那种"悠然见南山"的闲。我这种闲就是把收成放下，把生计放下，它就是人和一朵云之间的那种闲。天上过着闲云，地上走着闲人，闲人望着闲云，闲云照着闲人。这天地之间悠然，一朵云，一个人，它是这样的闲。

凤凰网读书：跟陶渊明的"悠然见南山"有什么不一样呢？

刘亮程：陶渊明可能过惯了世俗生活，想寻一处闲地。他是很古典的闲，像"竹林七贤"，也是去躲躲清闲，去创造一种悠闲，最后让自己变成了闲人。

陶渊明首先是那个时代的一个贵族，类似于托尔斯泰，他能养得起闲。我在《一个人的村庄》所写的那个闲人是一穷二白的闲人，他就是一个农民，有一院破房子，房顶有一个烟囱，每天孤独地朝天空冒着烟。

每天早晨的太阳从他家东边的柴垛后面升起，黄昏落日又落在西边的院墙后面，到了晚上日月星辰、斗转星移都发生在他家的房顶上。一个人处在整个世界的中心，悠然地看着天地、感受四季，过着一种内在的闲心与自然广大无边的闲融合在一起的生活，这就是一种心境。

凤凰网读书：但是您说您写这个的时候其实是最忙的时候，要早上起来随便对付一口就出门去拉广告。

刘亮程：我从小到大就没有闲过，一个勤快的人哪能有闲时间。现在五六岁的孩子还在上幼儿园，我们五六岁的时候，大人去割麦子，就把我们带着。我们就在麦地边，有时候捡捡麦穗。大人回来烧火做饭，我们去捡捡柴火。

到稍微大一点，十岁左右就可以下地去拔猪草了，因为家里有猪要喂，大人都在地里面劳动。这些小碎活儿都是我们孩子的，去拾柴火、拔猪草，一个小小的孩子就背着一捆柴火回来，没有闲过。但心是闲的，有一颗追求闲散的心，拖着劳忙的身体，心里面想的就是要做一个闲人。

凤凰网读书：做闲人是一个愿望？

刘亮程：有可能。但是我个人一辈子也没有闲下来，很小就开始干活儿，干到现在，都已经退休了，眼前还这么多活儿。当然很多活儿你可以不干，就像我写的，不干也就没有了，干起来一辈子干不完。但是一个追求闲适的人，有时候又不能让自己闲着，因为追求闲本身就是忙的。

五、从村庄到城市，再回到村庄

凤凰网读书：《一个人的村庄》获得了巨大的成功，但您后来又开始写小说，不写散文了，为什么呢？

刘亮程：《一个人的村庄》写完之后，我对散文就没兴趣了。我在《一个人的村庄》中把我一辈子的散文都写完了，也在《一个人的村庄》中写完了我的一辈子，从生到老到死全部写完了。

后来写《虚土》其实就想朝着小说去写，写完之后有人说这是散文。我说不是散文，是诗歌，因为我写《虚土》的时候感觉真正回到了一个诗人。我早年是个诗人嘛，诗歌没写到头就去写散文，很快把自己的散文写完了。

又开始写小说，写小说的时候才真正觉得自己是一个诗人，那个漫长的激情可以在小说中无边无际地抒发下去，就写成了一部像诗歌的小说，叫《虚土》。后来写了《凿空》，又写了《在新疆》。《在新疆》其实是我在新疆行走期间，断断续续用十多年的时间写的一部散文集。然后就到了五十岁，有点不想写作了。

其实那个时候我的人生写作又到了一个恍惚的阶段，因为写作对于我来说已经没有多大的驱动力了，我也不知道接下来我该写什么。

凤凰网读书：产生这种感受的原因是什么，您想过吗？

刘亮程：感觉应该还有更重大的事情，一个人不能一辈子都写作吧，这不把一生荒废掉了嘛。人不光是有智慧、有才情，人还是一个有力气的生命。你别看我瘦，我浑身都是力气。

我小时候开始干农活儿，而且身怀手艺，从小学过木匠活儿，也跟过打铁的学过打铁，编席、编筐都没问题。一个身怀手艺的人，焉能让手艺荒掉？但这些东西又不能养活你。所以五十岁那年我其实最想干的事，是当一个道士。

正好那年我们到旁边一个县，叫奇台县，我们在那儿也做了点文化项目。我有个工作室嘛，挣点小钱养家糊口。到那儿去看，是一个清代的老庙，叫东地庙。也是在那儿扔了好多年，有一个农民把它承包了，一年五万块钱，但是那个香火也不旺。

我当时看了以后，说这个地方好，想把它买下来，我在那儿就地当个道士。跟我一个朋友把这想法一说，两个人就很合拍，开始想着把这庙买下来我当道士，在网上把道袍都订好了。当时我还想着要加入中道协，变成一个正规的道士。结果考察运作了一年时间没办成，因为那个庙是文物，不能买卖。道士没做成，我就往前走了一步，走到这里，一下看上了这个老院子，买下来做了个书院。道长没做成，做了个山长。

但是我到这个村庄来，住到这个书院里面又获得了写作的动力。我的两部长篇小说都是在这个书院里完成的——《捎话》与《本巴》。到这个书院来，彻底安静下来了。

凤凰网读书：从村庄到城市，再回到村庄。

刘亮程：一九九三年辞职到乌鲁木齐打工，我在城市待了二十年。突然又回来坐到树下了，从楼下又转到树下了，这都不一样了。

听到风声了吗？风一刮过，树上全是树叶的响声，耳朵变得清静了。一个人耳朵变得清净以后，他的思想就远了。我在这儿写的这两部小说都是离这个世界很远的主题。

第一部小说《捎话》写的是发生在一千年前西域两个小国之间的信仰之战，那多远？你只有安静下来的时候，远处的故事就回来了。

我为那部小说准备了很多年，因为我对发生在历史深处的那场战争一直很感兴趣。我们平常在历史中看到的战争都是改朝换代、权力之争，那场战争是心灵之争。我们可以说它是信仰之争，要靠战争和其他手段去改变信仰，这是最惨烈的。其他所有的战争可能都是面对血肉之躯的冷兵器之战，唯独那场战争是一种灵魂要消灭另一种灵魂。所以我对那个感兴趣。

在这个地方花了好多年才把它写完，因为不好写吧，那样的战争怎么可以写？都是不能碰的。但是作家他干的就是言不可言之言，因为不可言才去言，他有言的方法。写作有时候也是拿鸡蛋去碰石头，但是你为什么非要碰石头呢？石头也没惹你，你碰它干什么。

但是可以滚着鸡蛋围绕着那个石头转，转来转去孵出一个小鸡来，鸡可以飞到石头上去。这可能就是文学，文学有它自己面对世界的方法，有它滴水穿石的力量。当然，这种力量就是化腐朽为神奇，有其神奇的力量。

文学本身也是一个生命，这种生命它可以分享。《捎话》被评论家认为是我真正意义上的一部小说。

六、不要指望乡村拯救你

凤凰网读书：现在大城市里有很多人都想要一个院子，很多年轻人梦想着过您这样的生活。但看到您在这里的工作量，好像并不比在城市里上班少。

刘亮程：想要一个院子是很多人的想法。他们想象中拥有一个院子可以听着鸟叫，听着风吹树叶的沙沙声，然后吃着菜地里面的有机菜。其实那是一个诗意的院子，现实中没有那样的院子。

不要奢望能够在乡村获得更多，乡村能够给你一夜安静的梦和睡眠，能够让你满眼青翠或者满耳朵风声鸟叫，去度过你几天的闲散时光已经够了，乡村给你的只能是短暂的安慰。假如真正让你变成一个在乡村的居住者，你可能面临的焦虑比城市人更多。

在这儿做一个院子光有精神是不行的，必须有很大的毅力在这儿能活下去。

假如拥有一个院子，你可能比在城市里做任何一份工作都忙。因为这个院子需要你动手把它打理出来，你首先会变成一个清洁工，扫院子；变成农民，种植院子里面的菜；养两只鸡，你就变成了饲养员。你早晨得给鸡喂食，一天喂两顿。人一日三餐，鸡最起码一天吃两顿。鸡开始忙着下鸡蛋的时候，你每天要收一趟鸡蛋，都是很忙的。

我爱人每天都要去收鸡蛋，鸡"咯咯咯"一叫她就知道，她就坐不住了，需要去收鸡蛋。一切都是忙的，你得有精力、有时间，在一个院子里面过这样一种田园生活。

诗意的田园生活想想而已，城市的年轻人到乡下去找一个农家乐住一晚上过过瘾就可以了，千万不要有这种自己拥有一个院子的想法。

凤凰网读书：所以焦虑和内耗的年轻人，只能是来这里治愈一下子再回去，以后焦虑了再来治愈一次。

刘亮程：这种生活本身来一次是可以治愈人的，比如在这棵杨树下听一下午的树叶响声。因为你满脑子哗哗作响的树叶声，会把你在城市残留积压的那些人世喧嚣洗荡干净。

但是你要一直待下去，待上五天肯定会更加抑郁，因为这种声音是单调的。自然界的所有声音都是单调的，它们需要一个人的心灵能够接受这种单调的声响的时候，才可能坐到一棵树下去欣赏树叶的响声。

你得具备一种跟自然土地交流的能力。不管跟什么东西交流，跟一棵树交流、跟一只蚂蚁交流，你们之间都必须有一种语言。假如都没有的话，到哪儿去你都是一个客人。自然就在那儿，你走不进去。或者你到一块自然之地，自然马上就不自然了。

你从这儿走过去的时候，地上所有的蚂蚁都乱跑，它们跑什么？一个人来了，六条腿的蚂蚁突然看到一个两条腿的动物来了，你一脚下去可能四五只蚂蚁就不见了，就消失了，自然能自然吗？你过去以后顺手摘一片草叶的时候，那片草叶就会恐惧。

我们到这个院子里来，就是怀着一种到一棵树下来生活、到自然中来生活的愿望。

这个院子，我们来的时候所有东西都提前到来了，蚂蚁、老鼠、苍蝇、蝴蝶、鸟、乌鸦、麻雀都是先来者，不是因为你把这个院子买下你就是主人了。

你必须作为一个入住者，要时刻放下主人的心态。

我到这儿来，我天然知道我就是跟蚂蚁一块来生活的，跟树上的鸟一块生活的，跟树一块生活的，所以这个院子里所有的东西我们基本上都没动，只不过是把该铺地的地方铺了铺。这些房子也没动，就是很隐蔽地改造了一些玻璃房。因为这个房子都几十年了，承载了几代人的记忆，不要轻易去动一些老东西，至少让它大体上保持一个原来的样子。

这样一个环境，人进来以后其实已经打扰了许许多多的生命。人到自然中，人不自然了，自然也不自然了。人本来是一个自然中的生命，因为在城市中居住太久了，已经不适合在自然中居住了。那这个时候假如在乡下有一个院子，你要变成一个自然中的人才能活下去。

比如你在城市时爱干净，一天要洗好几次澡，身上不能有尘土，但是你到这个院子里来生活，遍地都是土，你首先要接受土。要是土落在你身上，落在你衣服上，你都不嫌弃它，你才能住下去。还有虫子，到处爬的都是虫子，你要允许这些小生命在你身边爬来爬去，允许一个小虫子落在你胳膊上。你把它弹走，而不是一巴掌把它拍死。

这就是一个个生命体，所以鸟在你家树上叫，叫着叫着空中有一坨鸟屎滴到你头上了，你也不能恨，不能追到天上去把鸟打一顿。

我们到这儿来生活以后首先是变"懒"了，很少去擦桌椅了，窗台上、桌椅上假如落的有土，也是可以接受的。假如连土都不接受，一年到头你就跟土过不去了，光擦桌子就够你折腾了。还有树上每时每刻的落叶，从春天叶子刚长出来就会被风吹落，一直落到秋天，我们基本上也习惯不扫树叶了。

我在《一个人的村庄》中写过一首诗，我说一棵树活在一百年的落叶中，一层一层的落叶落在树根上，落在树的周围，一棵百年大树埋在自己的落叶中。到这儿来以后，看到这么多大树，我们再不去扫叶子了。假如你跟一片树叶过不去，那你一年就忙那个树叶去吧。

凤凰网读书：所以您在这个院子里面生活的状态，其实跟您的文字里面的世界是很统一的。

刘亮程：差不多，要看得过去，遍地都是草。农民最讨厌草，草长在田里面就跟长在身上一样难受。农民见不得草，但是我能看习惯草，草长到哪儿，我觉得都是好的。

我们刚来的时候花池里都要种花，我爱人、我妈妈都喜欢种花，我就不喜欢种花，因为草可以从夏天开花开到秋天，所有的花都有花期，唯独草的花期一直到打霜之前。

凤凰网读书：但按照您刚刚说的，真的有院子的人应该要很勤快，要不然院子运转不起来。

刘亮程：你可以在院子里多种多养，让院子变得生机勃勃。但是你必须要懒惰，不去动一些东西。像我其实也管不住自己的手，我经常会无事找事，比如大概四年前我带了几个志愿者、助手，准备在这儿做个树屋。

结果刚建好树屋的平台，就有猫头鹰在那儿孵了一窝小猫头鹰，我们发现它们以后就把工程停下来了。猫头鹰在树上建窝了，我们就不搭房子了。

猫头鹰非常有意思，也可能现在它就在哪个地方、哪一个树枝上伪装成一个小树桩。它特别会伪装，有时候我们会发现它在那儿伪装，然后指着它，它知道我们发现它了，它还在那儿伪装。它是伪装到底，就跟我们写小说虚构一样。读者知道我们是虚构的，我们也要虚构到底，这就是文学精神。

猫头鹰就是一个伪装者，自然界中的伪装者。我们在这儿指着它，说"你看，那是猫头鹰"，它眼睛一动不动，假装看不到我们，我们也就没看到它。

凤凰网读书：有它自己的坚持。

刘亮程：小猫头鹰不一样，它会趴到窝边上，它的眼睛会动。大猫头鹰会伪装到眼睛不会动，这是最高级的伪装。它眼睛只要一不动，就是一个枯树桩。小猫头鹰好奇，眼睛动来动去就被发现了。

七、万物共享的村庄

凤凰网读书： 您对动植物的观察很仔细。您的写作中，也经常出现很多动物和植物。

刘亮程： 我多少年生活在乡间，我见的动物比见的人多，碰到的草木也比人多，听到鸡鸣、狗吠、虫鸣、树叶沙沙作响的语言比人的话语多，所以满脑子都是人之外其他事与物的声音。对人说话不敏感，但是对鸡叫很敏感，对虫鸣很敏感。

凤凰网读书： 很多在乡村有生活经验的人也认识动植物，但是不会像您这样把它写出来，包括您有一些散文是用动物的视角来看待世界的，您觉得这个东西是怎么来的？

刘亮程： 只要跟动物生活过，你就知道动物是有眼光的。动物会看人，也会思想人，当然也会对人有意见。这些人有的，动物都会有，所以有时候我们在小说中以动物的视角去写，这并不是一种小说的书写或者修辞手法，它就是这样。

只要你去顾及、留意你身边的那些动物、植物，它们都是有感觉的，都是有眼光的，也是有情感的。你看它时它正在看你，你说它时，说不定它也在说你。在我们乡下一堆人坐到那儿聊天，牲口都围在旁边，狗围在旁边，鸡也围在旁边。人在那儿一堆说话，猪耳朵就撇着听，它听啥呢？它最关心的是人咋样说猪的，尤其猪长大以后。

猪要长大了，那户人家就不说猪了，尤其磨刀都要背着猪去磨，让猪不要听到磨刀的"嚯嚯"声。千万不能说明天要宰猪，猪就不吃食了，听懂了。猪那么聪明，人说啥听不懂也看懂了，难道猪不知道自己的命运吗？人都知道。

凤凰网读书：您的院子里还有几只鹅。

刘亮程：对，这个鹅刚养的那几年跟我们特别亲近，你到这儿随便摸摸它们都没问题。结果前年我们宰了一只鹅，被它们发现了，从此鹅就对我们有警惕了，用了两年时间才变得不怎么怕人。刚把鹅宰掉那年，它们一见我们进来就跑到那边去了，不让人看见。

凤凰网读书：所以动物其实是很聪明、很敏感的。

刘亮程：对，人和动物的关系其实很脆弱。一旦你把它伤了，它对你就不再信任了，见你就跑。它还是你们家的鹅，没问题，它也不会跑到别家去，但是它就不理你了。

凤凰网读书：您在《一个人的村庄》里有一篇《通驴性的人》，后来的散文和小说中也经常写到驴，写它们的性格、眼神、叫声、想法等。您那么喜欢驴，为什么院子里没有养一头驴呢？

刘亮程：我刚来的那一年借了邻居家的一头驴，因为这个院子太空了。我们刚来的时候所有的门窗都是开的，一个村民给我讲有一天他吆着一群羊在这个院子里放，看到这些窗户和门都是开的，房顶也是大洞小洞的，感觉很害怕，就把羊吆走了。

我们到来之后，我也觉得挺恐怖的。我就借了村民的一头驴拴到果园里面，因为我知道驴的叫声可以辟邪，驴叫一声，那些不好的东西都四散开去。民间说驴是鬼，鬼也怕驴。

结果那头驴养了一周，我就把它送走了。它太调皮了，把它拴在树下，它一晚上就绕着那棵树走，把自己绕在树上了。想法太多，所以绕绕绕把自己的脖子挂在树上了。每天我们起来都得先解开它的缰绳，把它放过来。再说把它拴到那儿，围绕着树几平方米的地方一晚上就被它糟践成寸草不生，最后还是让别人家去养吧。我们喜欢驴、写驴，让别人家去养驴。

我喜欢驴是因为驴这种动物跟其他动物确实不一样。它鬼，它看人的眼神不一样，马和牛看人的眼睛可能都是清澈的，羊眼睛是最清澈的，很无辜。羊眼睛睁开看你的时候，你发现它就像蓝天一样，清澈的眼神中带着无辜。那种无辜中有什么内容？就是不明不白怎么就会被人吃掉。所以羊都活不过三岁。

驴的寿命算是最长的，驴可以活三十年。三十年再不懂点人事？

你观察驴，会发现它的眼神鬼鬼地看你的时候，你觉得人世间再世故、再狡猾的眼神也狡猾不过驴的眼神。它阴阴地看着你，一眼就把你看透了。就是那种眼神，很少正眼看你，都眯着眼睛。

驴有自己的倔强，它有顺从、有倔强。你要是能降伏住它，它就是顺从的，但是你稍微对它有一点松懈，它马上就会倔强，它会试探你的脾气。

所以驴这种动物跟人活下来以后，驴的那种倔强劲就是人需要学习的。一个四条腿的生命被你养着，甘心给你干活儿，但是时不时就有一种不甘心。它就有一种倔强，要给你使绊子，给你眼色、给你炝蹶子，而且大声鸣叫表达不满。

我觉得我一直在驴身上学习，就学习那种即使屈辱地被人奴役，偶尔也会高亢鸣叫的生活。对着天叫，对着地叫，偶尔会踢主人一蹄子。

拉着不走，打着倒退，这就是驴。所有动物都是这样，顺从了人，但是在内心中是不服人的。

八、"把树抱着的时候，树是咋想的"

凤凰网读书：感觉您谈论动物和写作动物，它们对人来说就不是简单的宠物、家畜，或者益虫、害虫。可不可以说，您对待动植物是一种平等的态度？

刘亮程：在我写动物的时候，不希望用隐喻把动物写成人。比如狗，我希望我对待的是一个叫狗的生命。我要把狗写得像狗。就像我写蚂蚁的时候，我只是觉得我跟蚂蚁有过长久的接触，因为我们小时候，家里面地上都是土，我们房子里面至少有三窝蚂蚁。

一到冬天，蚂蚁在外面冷，就在你家里面打洞，跟你一块生活了，那也不能不让它们活吧。每当蚂蚁排着队出来的时候，我妈就会撒一点麸皮喂蚂蚁。我们尽管也不富裕，但是那点麸皮是可以拿出来的。蚂蚁排着长队，一只蚂蚁嘴里面衔一块麸皮回家去了。进去以后基本上半个月不出来，安静了。

所以我写蚂蚁的时候，就感觉我在蚂蚁洞穴里生活了很多年，就是那种对一个动物的熟知。熟到什么程度？我熟悉蚂蚁就像你熟悉人一样。

我写草的时候就仿佛我已经跟草生活了多少年，所以我能写到草的命中去，能写到蚂蚁的命中去，也能写到狗的命中去。它跟掌握了一点动植物知识然后靠这点知识去写动物和植物的人，是完全不一样的。

凤凰网读书：这种万物有灵的感觉，起源于什么时候？

刘亮程：万物有灵对很多人来说仅仅是一种哲学观念，但是对我来说它就是我能感受到的东西。

我出生在一个地窝子里面，就是地面上挖了一个洞。那个地窝子离树不远，就这样挖下去，挖着挖着就挖到树根了。所以我们在地窝子里生活的时候经常有树根突然伸到我们家去了，树根升空了。

某一个晚上，它突然扎进去了，还有老鼠打洞也打到我们家的地窝子里了。打着打着，老鼠在地下可能也会听动静，听到地下还有更大的动物在那儿生活，它就往那儿去打。它知道那些地方可能有食物，可以拿一些，就这样打到地窝子里去了。

可能是早年那种地窝子里的生活，让我听到了很多别人没听到的声音。比如晚上睡在炕上，耳朵朝着地听到老鼠打洞的声音、蚂蚁在小小的洞穴中爬的声音，还有树的声音。因为树根扎到我们家的地窝子里面去了，树根在地下的声音，可能没有人听见过。

你一旦听到一棵树树冠和根须的声音之后，你就听到了连天接地的声音。连天接地是非常重要的。

凤凰网读书：现在在网络上有很多流行词，比如说"公园二十分钟效应"，就是说每天如果能够在公园里面待二十分钟，心情就会好很多，焦虑就会好很多。

刘亮程：曾经有一个老师到我们这儿来教孩子抱树。我怎么看着跟树没什么关系。

凤凰网读书：它其实是迫切地想去跟大自然建立联系，但有没有建立成不好说。

刘亮程：对，人跟树的交流其实是一种心灵和情感的交流。你真的去像抱人一样抱着一棵树，首先树是没感觉的，粗糙的树皮还会把你的脸刮破，这就是我们在用与人相处的方式跟树相处。

万物之间，你认为它是活的，它就是有心灵的，它就是有温度和情感的。你默默在树边坐着，你听树叶哗哗作响的时候，你看到这些树皮上褶皱的老态，都是可以交流的。连目光都是可以交流的，不见得非要把一棵树抱住。我不知道把树抱着的时候，树是咋想的。

凤凰网读书：为什么我们一到自然里面，本能地就想安静下来？

刘亮程：因为树一辈子都不走路，你东奔西波、四处流浪，最后跑到了一棵树下，树朝天上走，你朝四面八方奔波，两种生命去向。你看这些树枝，你朝上看的时候，所有的树枝都在朝天上走，所以我写过一篇文章叫《树是朝天上刮的风》，树的一生就是一场风，在朝天上刮。

我们跟这些植物和动物交流是基于我们成人自己有一颗心灵，这颗心灵是灵光闪闪的，也基于我们认可这些草木和动物跟我们有一样的心灵，我们跟它们发生一种通感。我们说灵感，灵感是什么？灵感就是自己的心与对面那座山、那棵树、那只鸟的心突然接通了，我们的心灵在万物之间引起共振共鸣了，交感反应了，你一下来灵感了，然后你就开始写书、开始写山。

凤凰网读书：您好像从来不漠视周边任何的植物、动物，您怎么能够和植物、动物做朋友？

刘亮程：那不是做朋友，你跟树做不成朋友。树长树的，你活你的。你能看懂它，能看懂一棵树为何能长成这样，为何带着伤还能长这么大，为何它的枝会这样去长而没那样去长。

因为你熟悉周边的环境，熟悉东南西北，熟悉风向，熟悉阳光从哪边照过来，所以你能看懂一棵树。这就是一个闲人干的事情，不操心庄稼的事，天天盯着树看，看着看着就把这个树看懂了，然后把它写了出来。

九、去过完整的、不破碎的生活

凤凰网读书：之前看到拍摄您的一部纪录片，片中您带着摄制组去拍村里的木匠，木匠用完每罐油漆，都会把油漆罐挂在他的木桩上。如果这罐油漆还剩一点，他就把那个木桩涂成那罐油漆的颜色。我能感受到木匠的一种认真或者说仪式感，他的内心绝不是我们在大城市里交上一个PPT后客户要三改五改那样的感受。

刘亮程：我们现在有一些年轻的小说家，无法完成一个完整的故事世界。这跟个人经历是有关系的，因为他们没有经历过一件事物从无到有到消失的过程，就无法复原这样的东西。当然靠编造是可以编出来的，但是那样的东西总归是不真实的。

这种经验需要生活积累，一个人需要慢慢看懂这个世界。这种看懂需要有经验，可能很多知识都不管用，好多知识是迟早都会被忘记的。假如一种知识没有真正变成你的生活经验、没有被你使用过，那这种知识就跟树上的叶子一样迟早都会落干净。

城市生活不太注意细节，不会在某些细节上耗费更多的时光。这种快节奏的生活、快节奏的更替，所有生活日用品一茬一茬消失了，你可能生活两三年之后，都不知道你用过一些啥，因为扔得太快了。周边好多东西都在更新换代，只有你在长年龄，没有你记住的。

我们小的时候家里面好多东西都是要用很多年的，就是自己把家里面的东西变成了文物，自己家的文物。

凤凰网读书：想到您的一篇散文——《最后的铁匠》，其中的铁匠家族一直坚持手工打造镰刀，有一把镰刀放了几十年等它的买主。

刘亮程：这就是一种心理文化，任何一个打铁的人，他心中都有使用者，工厂造的镰刀是一种模子造给所有人的，手工打的每一件东西都是单独打给某一个人的或者来定制的。即使不定制，铁匠也会想到几年前买过镰刀的某个人，他的镰刀有可能坏了，该过来买镰刀了，铁匠会想着给他打一把镰刀等着他来。手工业跟现在的工业完全不一样，心理文化不一样，心理期待也不一样。

凤凰网读书：对，当时我看这篇文章的时候，感到是一种标准化生产取代了手工匠的工作。之前看过齐格蒙特·鲍曼的一本书，书中写到，在手工匠时代，人们是按照自己的心意在打磨一件东西，他那个时候不觉得自己是工厂的奴隶。但是一旦到了大工厂时代，人们意识到自己要听从一个标准统一的安排，再也没有发挥自己的创意去创造一个物件的快乐了。就像我们现在上班，其实不是工作内容有多苦，而是我们再也无法像以前那样按照心里的自由做事了。

刘亮程：就是人的创造力被机器取代了，人变成了整个产业链条上的一个岗位，机械性的岗位。人没有整体感了。

以前传统的木匠可以把一个木头劈开，然后把每一块板子、每一个小部件完整地做出来，最后到这个产品成型都是他自己完成的。

还有我们乡村生活中，你也可以经历许许多多生命完整的一生。你家养一只鸡，从小鸡苗到鸡会下蛋，最后被宰杀掉，这个过程意义何在？它让你经历了一只鸡的一生。

家门口栽一棵树，从一人高长成这样粗，最后这棵树被伐了，又被做成了家具。这个完整的过程都被你经历了，就是具备了一个完整的对生命的体验。

让内心存在一个完整生命世界，这个可能很重要。假如你没有这样的经历，内心就会是破碎的或者片段式的。当然你靠片段也能组合成一个完整的内心世界，但它终归是碎的。

十、"所有文学的思路都是生路"

凤凰网读书：您的文章中，关于亲情的书写并不占多，但是读到您写的关于两位父亲的文章——《先父》《后父》，很触动人。

刘亮程：我很少写到亲情，就是三十七岁那年，突然就想给先父写一篇文章了，因为我先父三十七岁就不在了。我想过了这一年我就比我先父大了，我会一岁一岁长到四十七岁、五十七岁，但是我先父就永远三十七岁了。

等我再大些的时候，回头想我先父，他慢慢就变成了我的儿子。他停止不动了，而我在往前走，就有一种什么感觉呢？我写先父的时候怀着的是一种内心的恐慌感。因为我三十七岁之后的路是我先父没有走过的，没有人告诉我该怎么走。

一个老父亲就是家里的一个引领者，他可以没有文化，可以寡言少语，但是他会每天每月每年把人生的状态展示给你。所谓生和老的状态，我们都是小孩。从大人那儿学什么？学长大。像十几岁的孩子从他父亲母亲那儿学长大。三四十岁的成年人从你的父母那儿学什么？学长老。学会如何长老，如何面对自己的老，这是非常重要的。

当然老不需要经验，但是老需要被看见，被提前看见，那么你从老去的父母身上看到的就是你将要在几十年之后活到的人生状态。所以每一个老人都是人生的老师，他带着你往老年走，尤其家里的老人更是这样。

但是我家里面没有，至少没有一个老父亲，我的老母亲在跟我们一起生活，这种人生的空茫感促使我写了《先父》这篇文章。

凤凰网读书：您写到，早年认识他的人，看到您的时候说您跟他长得最像。

刘亮程：可能最像，但是我已经忘记我先父的长相了。家里面曾经有照片，后来丢失了。一个儿子肯定会长成父亲，不管你怎么长，最后都会长成你的父亲和母亲，你的心境也会逐渐长成父母的心境。

凤凰网读书：您作品里面经常有对故乡的追忆，包括对祖先的追思，这和父亲过早地离去有关吗？

刘亮程：《一个人的村庄》其实是面对童年的一场写作，尽管里面写到了不同年龄的我，但是更多的故事发生在八岁之前。这些故事中有父亲，先父也好，后父也好，是有父亲的，那是属于一个人完整的童年。

生活中没有的，文学中可以把它造出来。《一个人的村庄》这本书也是我通过写作对自己童年的一场再造。曾经有过一个缺失父亲的童年，但是通过文章再造了一个有父亲的村庄。

包括《先父》这篇文章也是对父亲的一场追寻。一方面是通过写作找回了曾经失去的父亲，另一方面也通过写作把那个幼年丧父的自己，从童年岁月中领了出来。童年是不会消失的，我们以为我们长到了三十岁五十岁，我们长大了吗？但是我们的童年永远没长大。童年就在童年的岁月中，你八岁的自己就在八岁的那年一直活着。长大的只是你的肉身，你的精神和梦可能就停在了八岁或者几岁的某个夜晚、某个白天，它没有跟着你。好在写作可以回去，去找到那个童年停住的地方。

凤凰网读书：您写小说《本巴》，讲祖先的故事，是否因为要弥补一种故乡的缺失？

刘亮程：故乡从来不缺失，缺失的只是故乡中那些走掉的人。

凤凰网读书：会有一种迫切地和祖先建立联系的愿望？

刘亮程：因为我去过老家，去一趟老家，上一趟祖坟，就知道曾经的先祖都在。我们以为他们不在了，但是其实都在——在祖坟中，在家里面供的灵位上，在家谱中。他们只是换了一种活法，依然被我们纪念，这就是生命。迟早我们也会到那儿去。

凤凰网读书：您害怕衰老吗？

刘亮程：我都已经老了。

凤凰网读书：六十岁不算老。

刘亮程：在村里面五十岁就算老了，因为五十岁时一般你的儿子就二三十岁了，儿子要当家了，那你自己就要老了呗。

我四十岁的时候觉得我刚懂事，等到活到五十岁的时候，仍然觉得我刚懂事。到六十岁的时候觉得自己应该懂事了，有时候也觉得刚刚懂事，觉得对世间万物、对人生，对一切好像刚刚有一点认识，就到了退休的年龄。

凤凰网读书：我是到了三十多岁才有一点"众生皆苦"的感触。

刘亮程：这个你小时候肯定就知道了，只不过你没有跟这句话相遇。

凤凰网读书：小时候怎么会知道呢？

刘亮程：因为你再小，身边都会发生生老病死的事。首先死亡会发生吧，旁边的邻居家会一个一个走人，那你就会有这种感觉。我在《一个人的村庄》中，写我很小的时候就有这种生命紧迫感了。

因为当那个村里面开始有五十岁的人死去的时候，就可以算算数了——我今年十二岁，我离五十岁还有多少年？三十八年。然后再想，其实死亡在一个人一个人地朝你这边排，排到你还有多少年？你不是最小的，总有一天会排到你这儿。

我八岁的时候父亲不在了，当时对死亡没有概念，不知道死亡是怎么回事儿。尽管村里面也有人不断去世，但是不知道死亡以后接下来是什么，老是觉得父亲还能回来。

其实这样的想法已经改变了死亡的曲线，我不断想着他没有死，在心中牢固坚持着这一个执念。文学就是这样一种执念。它坚定地要把现实扭转过来，让那场死亡再回来，把那场死亡否定掉。这是文学可以做到的。

所有文学的思路都是生路，因为故事要走下去，就得要那些故事里的人活下去。

二〇二四年七月

更好的阅读

磨铁图书旗下子品牌

出 品 人　沈浩波
特约监制　潘　良　于　北
产品经理　苟新月
责任编辑　张　奇
特约编辑　郑晓娟
营销支持　于　双　温宏蕾
封面设计　沐希设计
封面插画　王奕驰

官方微博：@文治图书
官方豆瓣：文治图书
联系我们：wenzhibooks@xiron.net.cn

图书在版编目（CIP）数据

风把故乡吹远 / 刘亮程著 . -- 北京 : 中国友谊出
版公司 , 2025.8. -- ISBN 978-7-5057-5848-3

Ⅰ . I267

中国国家版本馆 CIP 数据核字第 2025GF8497 号

书名　风把故乡吹远
作者　刘亮程
出版　中国友谊出版公司
发行　中国友谊出版公司
经销　新华书店
印刷　三河市嘉科万达彩色印刷有限公司
规格　880毫米×1230毫米　32开
　　　9.75印张　210千字
版次　2025年8月第1版
印次　2025年8月第1次印刷
书号　ISBN 978-7-5057-5848-3
定价　58.00元
地址　北京市朝阳区西坝河南里17号楼
邮编　100028
电话　（010）64678009

如发现图书质量问题，可联系调换。质量投诉电话：010-82069336